U0124785

DER
BUCHSPAZIERER

送书人

Carsten Henn

〔德〕卡斯滕·海恩 著

李双燕 译

人民文学出版社
PEOPLE'S LITERATURE PUBLISHING HOUSE

著作权合同登记号　图字 01－2023－3762

Carsten Henn
Der Buchspazierer
Copyright © 2020 Piper Verlag GmbH，München/Berlin
Simplified Chinese language edition arranged through HERCULES Business &
Culture GmbH，Germany
All rights reserved.

图书在版编目（CIP）数据

送书人/（德）卡斯滕·海恩著；李双燕译.—北
京：人民文学出版社，2023
ISBN 978-7-02-018249-7

Ⅰ.①送… Ⅱ.①卡… ②李… Ⅲ.①长篇小说-德
国-现代 Ⅳ.①I516.45

中国国家版本馆 CIP 数据核字（2023）第 176797 号

责任编辑　胡司棋　邰莉莉
封面设计　钱　珺

出版发行　人民文学出版社
社　　址　北京市朝内大街 166 号
邮　　编　100705

印　　刷　山东临沂新华印刷物流集团有限责任公司
经　　销　全国新华书店等

字　　数　130 千字
开　　本　787 毫米×1092 毫米　1/32
印　　张　7.75
版　　次　2023 年 10 月北京第 1 版
印　　次　2023 年 10 月第 1 次印刷

书　　号　978-7-02-018249-7
定　　价　50.00 元

如有印装质量问题，请与本社图书销售中心调换。电话：010－65233595

献给所有的书商。

即使在危机蔓延时，

他们依然为我们提供着独特的食粮。

小说犹如小提琴的琴弓，
其共鸣箱犹如读者的灵魂。

—— 司汤达

目 录

第一章　独行者

据说，书是会主动寻找读者的，只不过偶尔需要有人为它们指路。夏日将尽，这样的故事正围绕着一家书店上演。尽管与城门——确切来说，是一处引人瞩目的、被大部分市民视作艺术品的城门遗址——相距三个路口远，这家书店还是给自己起名为"城门口书店"。

书店的年头的确不短了，而且经过数代多次的建造和扩建。在看似朴实无华的墙体转角处，可以发现饰有涡卷纹和石膏雕花的砖石。建筑的外观反映着新与旧、花哨与素净。内部也是如此：陈列 DVD 和 CD 的红色塑料货架的旁边，是摆放日本漫画的亚光金属架，两侧分别紧挨着的是展示各种地球仪的抛光玻璃柜，以及做工精致的木质书架。书店也经营桌游、文具、茶饮，最近还卖起了巧克力。说起这个曲里拐弯的空间中最显眼的东西，还要数那个又大又重的深色柜台，它被店员称作"祭坛",貌似可以追溯到巴洛克时期。柜台外立面上的雕刻描绘了这样一幅乡野场景:一支狩猎队驱使着训练有素的猎犬、骑着骏马冲向一群野猪。

眼下,有人在书店里提出了一个十分常见的问题:"您能给我推荐一本好书吗?"提问者乌瑟尔·谢弗对于好书的判断标准可谓独到。首先,它得让她乐此不疲,躺上床后也要读到合眼为止。其次,它至少得有三处催人泪下的情节。再次,它不能少于三百页,但也绝不能超过三百八十页。最后,封面不能是绿色的;绿色封面的书是不可信任的,这是她受挫多次之后得到的"教训"。

"我很乐意,"三年前开始接管书店生意的萨宾娜·格鲁伯回应道,"您喜欢读哪方面的书?"

乌瑟尔·谢弗不想作答。她想让萨宾娜·格鲁伯自己揣摩,具备非凡的洞察力毕竟是一个书商的本分。

"您告诉我三个关键词,我给您找找合适的书。爱情?南英格兰?一本消遣读物?对吗?"

"柯霍夫先生在吗?"乌瑟尔·谢弗多少有些不耐烦地问道,"他总是知道什么书合我的意——所有人的意。"

"不，可惜他今天不在。柯霍夫先生只是偶尔为我们工作。"

"真可惜。"

"啊，这是我给您找到的：以康沃尔①为背景的一部家族小说。您瞧这儿，封面上是这个家族迷人的庄园，周边环绕着广阔的园林。"

"它是绿色的，"乌瑟尔·谢弗投去一个责备的眼神，"绿得瘆人！"

"因为这本书的故事主要发生在邓伯勒伯爵的美丽庄园里。评价都特别好。"

这时候，沉重的大门被人推开，门上的铜铃叮叮咚咚地响了起来。卡尔·柯霍夫收起伞，习惯性地甩了甩，把它放到架子上，然后扫视起他称之为家的这间书店。他在寻找新上架的书，想把它们送到他的顾客手中。他觉得自己像个在海滩上收集贝壳的人。果然，一眼望去便有所收获，它们正埋在粗糙的沙粒间等他拾起。但是，当柯霍夫看到乌瑟尔·谢弗时，它们瞬间又变得无关紧要了。她向他投去一个亲切热情的微笑，仿

---

① 英国英格兰的一个郡，位于大不列颠岛西南角。

佛他是她在读过的书（多年来都是由他推荐的）中爱上的所有魅力男性的综合体。其实，卡尔与他们中的任何一个都截然不同。他长过小肚腩，尽管那是多年以前的事了，一道不辞而别的还有他的头发。如今他七十有二，骨瘦如柴，依然穿着不合身的旧衣服。他的前老板说，现在的他看起来就像单单以书里的文字为食一样，况且还是些缺乏碳水化合物的文字。不过，卡尔仍然能将它们源源不断地转化成丰富的营养物质。

卡尔成天踩着一双粗陋笨重的鞋子，厚实的黑色皮革表面和坚固的底部足以使它们陪他走完一辈子。耐穿的袜子对他来说也很重要。套在外面的是一条橄榄绿的工装裤，上身是一件相同颜色的有领夹克。

他总是头戴一顶软软的窄檐渔夫帽，用来保护前额免受日晒雨淋。即使身居室内，他也不会在就寝前摘下帽子，因为那会让他觉得自己衣着不够整齐。人们同样没有见过他取下眼镜后的样子，而这副镜架还是他几十年前在一家古董店里购置的。卡尔有一双慧眼，只是眼睛总像在微弱的光线下看了太久的书一般。

"谢弗女士，见到您真好，"他边打招呼边走向乌瑟尔·谢弗，后者也撇下萨宾娜·格鲁伯迎向他，"也许我能为您推荐一本书，它特别适合放在您的床头柜上。"

"您上次推荐的书我就非常喜欢，特别是结尾两个人视线交融的场景。如果能一吻定情就更妙了。不过在那种场景下，一个对视就已经让我知足了。"

"这几乎比一个吻还要深情。有些对视可以达到这种程度。"

"在我接吻的时候——不行！"乌瑟尔·谢弗说。那一刻，她觉得自己有些不可思议地堕落，这在她身上可不常见。

"这本书，"卡尔从柜台边的一摞书中拿起一本，"自从上市就一直在等着您。故事发生在普罗旺斯，字里行间散发着薰衣草的气息。"

"酒红色的书是最棒的。它是以一个吻结尾的吗？"

"我要透露给您吗？"

"别！"她嗔怪地看着他，还是从他的手中接过了书。

当然，卡尔断断不会为乌瑟尔·谢弗推荐一本结局不美满的小说。不过，他也绝不想掐灭她为了"看看这次有无不同"而燃起的小小兴奋。

"我真高兴有书可读，"她说，"但愿永远如此！一切都变化太大了、太快了。现在所有人都用信用卡付钱。我在柜台结账凑硬币时，别人都用奇怪的眼神打量着我。"

"文字永存，谢弗女士。因为总有些事是无论如何也说不清道不明的。把思想和故事印刷成书是保存它们的最好方式，它们借此可以多流传几个世纪。"

卡尔·柯霍夫笑盈盈地同她道了别，然后穿过一扇贴满广告海报的门，走进一个集库房与办公室于一体的房间。写字桌上堆满了书，旧电脑的显示器边缘贴满了黄色便笺，墙上的巨幅年度计划表上写着密密麻麻的红字。

他的那些书被照常放在最阴暗角落的一个黑色塑料箱里。过去，箱子是摆在写字桌上的，不过自萨宾娜从父亲手中接管书店后，它每天会都被挪远一点，直到挪进了犄角旮旯。与此同时，箱子里的书也在日益减少。需要他送书上门的客人已经不多了——每年都有很多在流失。

"您好呀，柯霍夫先生。对了，您怎么看这场比赛？这个点球罚得太没道理了。我现在还对这个裁判憋着一肚子火。"

新来的实习生利昂带着一身烟味走出了狭窄的员工厕所。除他以外的所有同事都知道，问卡尔这种问题是毫无意义的，因为卡尔不看新闻，不听广播，也不读报纸。这个世界让他怅然若失，有时连他自己也承认这一点。他开始为无能的联邦州官员、极地冰盖融化和不幸流离失所者之类的新闻忧心忡忡，且担忧程度比他阅读情节悲惨的家族戏剧还要高时，他自觉地做出了上述决定，作为一种自我保护。不过自那时起，他的世界也在日渐萎缩。如今，它的面积只剩下区区两平方公里了，而他照旧每天沿着边境往返巡视。

卡尔没有就裁判问题表明立场，转而问实习生："你知道 J.L. 卡尔那本精彩的足球书 ① 吗？"

"和咱们本地俱乐部有关吗？"

"没有。是关于尖塔桑德比流浪者的。"

"不认识。反正我不看书，除非是被逼着看——也就是在学校里。要是书被改编成了电影，那我宁可看看电影。"利昂咧嘴一笑，似乎在用这番话糊弄老师，而不是说服自己。

———————

① J. L. 卡尔发表于 1975 年的幽默小说《尖塔桑德比流浪者是如何赢得足总杯的》。

"那你为什么要来这儿实习？"

"我姐姐三年前就在这儿实习，我们住在街角，离这儿很近。"他避而不谈的是，每个找不到实习工作的学生必须在宿管办公室做两周帮工。宿管会借机把对全体学生的怨气撒在这些孩子身上，让他们清理所有的涂鸦墙、黏在桌面下的口香糖和窄花坛里的面包残渣，以此羞辱他们。

"那你姐姐看书吗？"

"自从来了这儿以后，她看了。反正我做不到。"

卡尔笑了，因为他知道利昂的姐姐开始读书的原因。他的前老板、现在住在"眺望大教堂"养老院的古斯塔夫·格鲁伯很懂得如何应对利昂和他姐姐这类不爱读书的实习生：他让他们擦拭包裹着塑料膜的贺卡，一张一张地擦；这个过程太过枯燥，自然而然地，他们会出于绝望而将手伸向他预先巧妙地"部署"在附近的某本书。古斯塔夫·格鲁伯成功"拉拢"了所有这类孩子，与他们相处得十分融洽。但是，在卡尔看来，孩子是些和自己不一样的存在，而且他在自己还是孩子时就知道这一点。离童年越是遥远，他眼中的他们就越是陌生和奇怪。

当时，老格鲁伯用一本小说吸引了利昂的姐姐，故事的主题是少女爱上吸血鬼。眼下，利昂显然正处于热血的青春期，要拿也会拿某本以妙龄女郎照片为封面、排版相对稀疏的书。老格鲁伯常说，读什么不重要，重要的是去读。卡尔却并不赞同将这一点应用到所有的印刷品上，因为有些书反映的思想无异于毒药。但话说回来，书页间治愈人心的良药总归更多，只是读书的人有时意识不到自己正在被治愈罢了。

卡尔小心翼翼地从角落里搬出黑色塑料箱。今天只有三本书孤零零地躺在里面。他翻出棕色包装纸和绳子，像对待礼物一般给每一本书打包。"别再这样做了""要节省成本"——萨宾娜·格鲁伯已经告诫他很多次了，但他不为所动，坚持认为那样做有违顾客们的期望。把每本书包进厚纸前，卡尔都会无意识地轻轻抚摩上几下。

最后，他拎起自己橄榄绿的联邦国防军背包。虽然岁月的痕迹依稀可见，但在卡尔的悉心爱护下，它的外观保持得还不错。眼下包内空空如也，但褶皱表明这并非常态。卡尔轻轻地把书放进结实的背包，然后用一块柔软的毛毯盖住，仿佛要带上三只小狗去见它们的新主人。他是这样排列三本书的：最大的那本贴着他的后背，最小的那本离他最远，以免将背包撑成不甚美观的形状。

走出房间之前，他思索了片刻，然后转向利昂。"请把贺卡擦干净，格鲁伯女士会很高兴的。你最好把它们拿到这儿来，图个清静。我一直在写字桌上干这件事。"他把尼克·霍恩比的《极度狂热》匆匆摞在了桌上。这本书是他刚刚在一个书架上发现的，封面上的绿茵球场青翠欲滴——乌瑟尔·谢弗肯定不会多看它一眼。

卡尔用"圈子"来形容自己的活动范围，但它更像一个贯穿内城的多边形，没有对称性，也罕见直角。如老人牙齿般崎岖的城墙遗迹处，是他的世界的终点。三十四年来，他从未离开过自己的圈子一步，因为他生活所需的一切尽在这里。

卡尔·柯霍夫总是在行走，而且边走边思考。有时候，他觉得自己只有走在路上才能真正地思考，似乎只有落在鹅卵石路面上的脚步声才能让思维运转起来。

这座城市是圆形的，穿行其中的人未必注意得到，但每只斑尾林鸽和麻雀肯定都一清二楚。所有的房子和小巷都朝向傲然耸立在市中心的大教堂。如果把城市微缩成铁路模型的一部分，人们或许会怀疑这座教堂是按照错误的比例建造的。它始建于城市极度兴盛的时期，但这段时期短暂到在它落成之前就结束了，还留下一座至今尚未完工的尖塔。

房子虔诚地围绕着教堂，尤其是老旧者，甚至如垂头一般微微倾斜着。它们与主门之间保持着最大的距离，从而辟出了城市中最宽阔、最美丽的广场——大教堂广场。

卡尔走进广场，那种被监视的感觉又袭上了心头：仿佛一只狍子进入林间空地，无助地暴露在猎人的视线和枪口之下。想到自己的形象和狍子一点也不挨边，卡尔不禁微微一笑。这座城市的"气息"在大教堂广场上是最为浓郁的。据说，在一场发生于十七世纪的城市围攻期间，有位面包师发明了"糖粉车轮"，一种油乎乎的带轮辐车轮状的糕点，填充巧克力奶油内馅，表面撒有绵白糖。面包师把它们送给围城者，以此传达市民希望对方撤离的心声。尽管根据查证，这种高热量点心实际上问世于两百年后的十九世纪，但这个古老的故事流传已久，外来游客也都乐于相信。

卡尔总是踩着固定的铺路石在广场上行进，步履缓慢又均匀。如果被人挡住去路，他会耐心等待，然后再加快步伐，以此弥补耽搁的时间。穿过广场的路线是他精心规划的，即使在集市的日子里也能畅行无阻。此外，他尽可能避开了那四家售卖糖粉车轮的烘焙店，因为卡尔实在受不了它们甜腻腻的气味。

卡尔拐进了贝多芬街。这里更像一条小巷，与作曲家的盛名并不相称，无非是满足某位城市规划师的喜好。他以诸多知名作曲家的名字为整条大道的分岔街巷命名，并把最大的一条街献给了心爱的舒伯特。

卡尔此刻全然不知的是，他正站在自己世界的中心位置。小巷的两侧是有轨电车18号线和57号线的铁道（虽然总共只有七条有轨电车线，但就交通条件而言，这座城市已经堪称都会了），另外两侧分别是通向北方的快速路，以及一条在全年大部分时间里清波荡漾的美丽河流。这条河只在春季的几天里不甚安分地涨涨水，如同声带尚未发育完全就不时尝试咆哮的小狮子一般。

今天，他先是绕行到了萨利安街上的克里斯蒂安·冯·霍恩尼施的住所前。后者的深色砖砌别墅距离街道稍远，所以偶然路过的行人很难注意到它有多么富丽堂皇——像只蜷缩起身体伏在地上的黑天鹅一样，等待时机张开华美的羽翼。别墅背面有一座长方形的花园，被高大的橡树从三面环抱着。克里斯蒂安·冯·霍恩尼施在花园里放置了三张长椅，这样一来，阳光就能在白天的任何时候洒向书页。

卡尔知道霍恩尼施家底丰厚，却不知道他是全市最富有的人。其实，没有人知道这一点，包括霍恩尼施自己，因为他从不跟人比较。他的先祖在河边凭借制革生意发家，在工业化进程中继续牢牢掌控着财富。因此，克里斯蒂安·冯·霍恩尼施不必工作——他提供工作，他的股份和银行保管箱替他实现了这一点，而他只需要管理他的资产管理人。除了一天一次的做饭和打扫房间的管家服务、一周一次的确保阳光照射到书页的园艺服务，以及一月一次的清洁与设施维护上门服务以外，就剩下卡尔从周一到周五的每日送书服务了。克里斯蒂安·冯·霍恩尼施通常在一天之内就能读完一本新书。就卡尔所知，他已经很久没有踏出自己的"国界"了。

卡尔拉动门钟的铜舌，别墅内也响起了低沉的钟声。和往常一样，主人花了很长时间才穿过长长的昏暗走廊，打开沉重的、嘎吱作响的木门，但只留一条门缝。克里斯蒂安·冯·霍恩尼施是不会走出家门的。他是个英俊的黑发男人，身材高大，颧骨线条完美，下巴微翘，只是整个人笼罩在一种灰蒙蒙的悲伤的氛围之下。他一如既往地穿着深蓝色双排扣西装，翻领处别着一朵清新的白色兰花；脚上的黑色皮鞋明光锃亮，像为了参加歌剧院舞会而准备的。这副衣着打扮显得刚满三十七岁的霍恩尼施十分老气，不过，他从很小的时候就开始穿西装了，它们对他来说就像牛仔服一样稀松平常。

"柯霍夫先生，您迟到了。咱们约定的时间是七点一刻。"霍恩尼施打招呼说。

卡尔顺势低下了头，然后小心翼翼地从背包里取出对方订购的书。"这是您订的新小说。"他调整了一下捆书的绳结，因为它在运送过程中略微偏离了原位。

"我希望您的推荐是合适的。"霍恩尼施接过书，并没有立刻拆掉包装。这是一部关于亚历山大大帝接受亚里士多德教导的小说。霍恩尼施只读哲学题材的书。

他把金额取决于图书重量（他会事先调查这项数据）的小费递给了卡尔。"下次再准时一点吧。守时是

君王的礼节 ①。"

"祝您度过一个愉快的夜晚。再见。"

"嗯，我希望您也是。"

克里斯蒂安·冯·霍恩尼施关上了重重的门。别墅转瞬间又变得了无生气。其实，他本想与卡尔围绕着各种书和作家好好交流一番的。他认为卡尔教养良好，举止文雅，与自己是同类人。但随着时间的推移，他似乎失去了发起邀请的话头——他肯定把它遗落在自己豪华别墅众多房间的某个角落里了。

卡尔离开了克里斯蒂安·冯·霍恩尼施，然而实际上，他离开的是另一个人。因为卡尔看到的是许许多多小说在我们这个现实世界中的镜像。对他来说，这座城市的居民都是书中人，尽管所属时代或地域各不相同。自从第一次打开别墅的大门起，克里斯蒂安·冯·霍恩尼施就从简·奥斯丁的巨著《傲慢与偏见》中跃然出世了。卡尔刚刚离开的是十八世纪德比郡的彭伯里庄园，以及它的所有者菲茨威廉·达西，一位富有、聪明的绅士，虽说在仪表

---

① 一句知名的谚语，据说出自法国国王路易十八之口。

方面完美无缺，但常常显得有些傲慢刻薄。

卡尔之所以有这种"怪癖"，是因为他向来不擅长记忆名字，除非是小说中的人名。这还要从他的学生时代说起。当时很多老师都得到了不带半点奉承意味的诨名："马桶刷""吗啡王子""口水胶"，但卡尔给他们起了完全不同的绰号："尤利西斯""特里斯坦""格列佛"。高中毕业后，与同学们不同，他并没有停止这种做法。于是，他参加职业培训期间总在去书店路上遇到的那个穿着破烂制服的朋克族，就成了好兵帅克；他常买苹果的那个水果摊的摊主，就成了白雪公主的王后继母——幸好，她不曾打算给他下毒。不知自何时起，卡尔发觉这座城市里充满了文学人物，也就是说，在每个居民身上都可以找到一个文学作品中的对应角色。随后几年，他又结识了夏洛克·福尔摩斯——市警察局凶案组的负责人，甚至还有经常穿着单薄和服应门、让他在年纪尚轻时念念不忘的查泰莱夫人。然而后来，她跟随梅尔克的阿德索① 远走高飞了。亚哈船长② 为了逮住自己花园

———————————

① 翁贝托·埃科小说《玫瑰之名》中的人物。

② 赫尔曼·梅尔维尔小说《白鲸记》的男主人公。

中那只巨大的鼹鼠费尽心机、抓狂不已。沃尔特·法贝尔[①]是一位身患重病的工程师，卡尔一直为他派送关于南美洲的书，直到他去世。基督山伯爵曾住在一栋装有铁窗的、以监狱为前身的房子里，它以一种怪诞的方式将自己的新主人圈禁了起来。

在快要记住真实名字前，卡尔总是灵光乍现，想出一个更加贴切的文学名字。他的记忆仿佛刻意为之，以保护他免受世俗的烦扰。而自打选择文学名字的那一刻起，他就再也不根据真名来认识对方了。例如，从卡尔的视网膜抵达大脑的途中，不经意间，"克里斯蒂安·冯·霍恩尼施"这几个字奇妙地变成了"达西先生"。只有在特殊情况下，卡尔的脑中才会怜悯地吐出一个世俗的名字。

反正很多东西记不住也罢。

卡尔穿过条条曲折的小巷，走向另一位文学人物，此人的命运比那位英伦绅士要晦暗许多——后者毕竟收获了一场美满的婚姻。

他的顾客等在门后，透过猫眼盯着只有寥寥数人

---

① 马克斯·弗里施小说《能干的法贝尔》的男主人公。

走过的巷子。没人在这里闲逛，也没人欣赏这里的房屋——漂亮的建筑都坐落在几个路口之外。人们在老城的这片区域来去匆匆，因为他们无法忍受这种压抑的局促感，总觉得一面面高耸的山墙正向头顶围拢，迟早会紧紧闭合起来，将阳光彻底隔绝在外。

猫眼后面身材娇小的年轻女子知道卡尔·柯霍夫预计抵达自己住处的时间段，也知道自己明明可以在客厅里等待门铃响起，却还是痴痴地朝门外窥视了很久。她就是控制不住这样做。安德莉亚·克雷门将一缕金发拢到耳后，然后拽直了连衣裙。自打上幼儿园起，她就一直是班上最标致的姑娘，这为她赢得许多青睐，也招致了不少妒忌。她早早地结了婚，丈夫马蒂亚斯是保险业精英，在晚间和周末也要加班加点，以保证两个人衣食无忧。安德莉亚本是一名训练有素的护士，如今却在一家小型家庭医生诊所兼职做接待员。她之所以被安排在前台，是因为患者一见到她就能提起精神，放下心来。安德莉亚从不需要别人提醒自己"要微笑"，这是她的一贯表情，是"漂亮"的一部分。漂亮但不爱笑的人是傲慢的，所以她整天面带微笑。

她从来不敢在外表上有失完美，否则会发生什么？

别人会怎么看她？卡尔·柯霍夫似乎是唯一一个不必笑脸相迎的人。因为在对话的过程中，他会嗅觉敏锐地就事论事。安德莉亚觉得他的遣词用字精确至极，就像调香师为昂贵的香水配置成分一样。她收起笑容，将耳后的细发拨回原位，允许自己的发型保留些许凌乱。

然而，当她发现卡尔·柯霍夫出现在巷子里时，她又急忙拢了拢鬓发。卡尔按下门铃，然后耐心等待着。安德莉亚·克雷门总要花上一段时间才能走到门口，而且时常上气不接下气。尽管如此，她每次都会朝他欣然一笑。

卡尔听到钥匙在锁孔里急促转动的声音。门开了。

"柯霍夫先生，您今天来得真早！我完全没料到。我看起来肯定很不像样。"她捋了捋一头亮丽的金发，这和她身上饰有红玫瑰印花的精致连衣裙配极了。

卡尔觉得安德莉亚十分迷人，但每次见到她时，他多少都有些难过。因为所有美丽的表象之下都隐藏着一些叫他难以捉摸的东西。这也与他正从背包里取出的东西——安德莉亚·克雷门最心仪的一本书有关。书的重量很正常（卡尔喜欢重量适中的书，不像一板巧克力那么轻，也没有一升盒装的牛奶那么重），让卡尔担心的是其中内容的重量。

“好看吗？”安德莉亚·克雷门一边问他，一边拉开包装纸外的蝴蝶绳结。

“据我所知，《暗影玫瑰》毫不逊于作者的其他作品。”

“就是说很有戏剧性了？”

现在轮到卡尔笑了。他们之间存在一种默契。他带给她的书总是很有戏剧性，而且结局悲惨。过去，他偶尔也会推荐一些结局美满的书，却始终不对她的胃口——她觉得它们与现实相差太远了。安德莉亚·克雷门喜欢这种小说：女主人公受尽苦难，最终香消玉殒，或者孑然一身，郁郁寡欢。开放式结局也可以，但只能二者择一。

“老样子，我还是保持沉默，”卡尔说，“您觉得上一本小说怎么样？”

安德莉亚·克雷门深深地吸了一口气，然后摇摇头。“太惨了！最后她淹死了……您怎么不事先警告我？”她俏皮地噘了噘嘴。

“我可不能这么做。”

以前，他总是选用色彩鲜艳明快的纸来包装她的书，但那样做逐渐让他觉得自己是在骗人。

"您下周再给我带一本书吧。我听说有这么一部小说，故事完全发生在夜间，背景是冬天的格陵兰岛，而且主人公刚刚失去了她的孩子。您知道这本书吗？听上去挺不错的。"

卡尔知道这本书。他原本希望安德莉亚·克雷门不会注意到它。

"我下次给您带来。"卡尔没有说他乐意带来。他不情不愿。

"您还有什么推荐的吗？"

"有一本新上市的犯罪小说，故事就发生在咱们市里。我还没读，不过应该挺有意思的。"

安德莉亚·克雷门露出一副拒绝的神情。"您的意思是，我会喜欢这种书？"

卡尔秉持的一项宗旨是：不能说谎。一旦放出谎言，就再无可能收回了。

"不是的。"

"我想也是。"

"但它可以让您发笑。而且您——我希望没有冒犯到您——笑起来确实很美。想必您知道，查理·卓别林说过，'没有笑声的一天是徒劳无益的一天'。何况人生苦短，容不得虚度。"他从未对她说过这样唐突的话。也许是因为她今天的悲伤比往日都要明显，而他已经有所察觉了？卡尔也搞不清楚。有时候，他嘴上说的和他脑袋里想的并不一致。

安德莉亚·克雷门的笑容消失了，她的下唇微微颤抖起来。"您刚刚拯救了我的一天。谢谢。"然后，她啪地关上了门。

对卡尔来说，关上门的不是安德莉亚·克雷门，而是哀伤的、过早身陷婚姻牢笼的艾菲·布里斯特①，她的命运与安德莉亚·克雷门在许多书中读到的女人一样悲惨。卡尔本想为她做更多事情，而不是带来这些一味展现他人苦难、避而不谈终结之道的书。

站在门后的安德莉亚·克雷门强忍住泪水。她很想告诉他今天发生了什么。但若这么做，那些画面就会在她眼前重演。她不想。她用颤抖的双手拆开包裹，捧着书在走廊上读了起来。

就在故事的第一页，有人自杀了。

---

① 台奥多尔·冯塔纳同名小说的女主人公。

卡尔继续他的行程。还没走出几步，耳边就飘过一阵轻轻的喵喵声。他低头看去，视线和一只仰起脸的瘦弱小猫撞了个正着。它全身乱蓬蓬的，耳朵上都是打架留下的伤痕。卡尔不知道它是公是母，也不知道它住在哪里（如果它有家的话），但他知道，他们是好朋友。别人有家庭宠物，他有野生宠物。

"嗨，狗狗。"他笑着呼唤道。之所以得到这个名字，是因为这只猫的一举一动像条小狗。它边走边嗅，到处标记领地。狗狗不常喵喵叫，而是常常低吼。卡尔拜访顾客时，狗狗不会蹲在一边，而是趴着。它可以随时就地卧倒，包括在最窄的阶梯扶手上。

狗狗蹭了蹭卡尔的裤腿，然后一边向前跑去，一边不耐烦地回头看他。这个聪明的小家伙似乎知道，卡尔今天要派送第三本书的人家会赏它东西吃。住在四个路口开外的埃利森泉区的一位老太太，与艾菲·布里斯特截然相反，是个满面春风、花枝招展的女人。她常穿不成对的袜子或鞋子，要么穿背带裤时耷拉着一侧肩带。她公寓里的所有东西都堆积成山，山间还沟壑纵横。老妇人让卡尔回想起一部童书中的人物，一个特立独行的疯丫头①。然而，任这个老丫头随心所欲的空间是有限的——她惧怕暴露在广阔的天空之下。

那是七八年前一个美好的夏日。当时，她和丈夫正在核桃树的浓荫里乘凉。然后，一场雷雨夹着狂风呼啸而来，气势格外凶猛。夫妻俩回家后才注意到，他们之前为了偷懒拉到自家门口的公共垃圾箱还孤零零地立在街边。由于担心邻居发牢骚，丈夫不顾她的劝阻，走进了风暴之中。"赶快进屋去，"他说，"我马上就回来。"他还说："多大点事。"屋顶上的瓦片松动了，强风将它抛射向他，而他的脑袋毫无招架之力。

从那时起，她就一点也不在乎邻居的所思所想了。她再也没有走到室外去了。

给卡尔开门时，她从来不说"您好，柯霍夫先生""哈喽"或"见到您真好"之类的话。她会说"灰味无穷""他是卖二烧车的""带不起"。今天，当他按门铃时，她又笑呵呵地丢给他一个词："自我呱新"。

现在就看卡尔如何即兴发挥，为它找到一个可信的定义了。

———————

① 阿斯特丽德·林格伦童话故事《长袜子皮皮》的女主人公。

"自我呱新，意指通往认识构成自我最本质核心之物的途径。此概念脱胎于《青蛙王子或名铁胸亨利》，首载格林兄弟的《儿童与家庭童话集》。其背后蕴含着这一假设：每个男人的内心深处都有一只青蛙，只有通过爱——在童话中体现为一个吻——才能变成一位光芒四射的王子。这一概念首次出现在西格蒙德·弗洛伊德一九二三年的著作《自我与本我及青蛙》中。"

长袜子夫人伸出手，奖励给他一颗樱桃糖。倘若他的解释不那么合理，他就会得到一颗柠檬糖。作为回报，卡尔把她订购的书递给了她。他总是在她的包装纸上画一朵大红花。从经典的冒险小说到科幻小说再到幽默故事，长袜子夫人什么都读，但净是些消遣类的书，没有多少让她清醒面对现实的内容。

"后天我再给您出一个词，"她在关门之前说，"一道特别难的题目。"她顺便向狗狗弯下腰，从裤兜里掏出某样东西给它，它囫囵吞了下去。

虽然卡尔的背包已经空了，但他还有一位顾客要见。每次拜访这个人都是一种享受，因为他拥有卡尔平生听过的最温暖的男中音。要想在沙发里听点东西好好放松一下，播放此人的声音就对了。对卡尔来说，他就是朗读者——在伯恩哈德·施林克的同名小说中，少年米夏埃尔·贝尔格爱上了一个年长自己二十多岁的女人，并为她读书。不同的是，卡尔的这位顾客为一家雪茄厂的工人们读书。工厂是近几年刚刚成立的，而且全州唯此一家。参照古巴的习惯做法，厂方聘请了一位朗读者在工作时间里读书。这是场彻头彻尾的营销把戏，所以朗读者并没赚到多少钱。尽管如此，他还是对自己的工作满腔热忱，甚至长期系着围巾以保护声带。出于同样的原因，他在厂外几乎从不讲话。有点出人意料的是，他竟然拨通了卡尔的宅电，拜托对方为自己带些只在书店旁那家药店有售的润喉片来。朗读者不想亲自上街，因为一波流感正在全市蔓延。或许正因如此，他今天只开了一条门缝。接过润喉片后，他朝卡尔感激地笑了笑，递上酬金以及十分慷慨的小费（卡尔不想接受，因为他知道朗读者手头也很拮据），又从盒里捏出一片药，旋即关上了他那间租屋所在的简朴的多户住宅的大门。在建造过程中，一切可以为这座建筑增添几分美感或可爱之处的因素都被省去了。它是纯粹的实用设施，和养鸡的笼子没两样。

每当背包变空时，卡尔的情绪也会变得十分低落，因为这样一来，他就不得不回家了。他并非不喜欢自己的家，只是狗狗从没跟去过；门后也没人等着他，在他渴望安抚时，与他耳鬓厮磨、深情相视。他回家前的最后一段路总是带他穿过城市的中央公墓。这对卡尔来说是种宽慰。知道自己行进的终点在哪里，就能消除些许恐惧。这与墓园的静美也不无关系：它已经有两百多年的历史了，伫立在墓园正中那座巨大的死神雕像头骨森森，却含着笑意。

卡尔家的门牌上刻着一个真假参半的名字：E.T.A. 柯霍夫。前半部分当然源自卡尔仰慕已久的作家 E.T.A. 霍夫曼——名字缩写成三个首字母的还有哪些人呢？J.R.R. 托尔金，以及音乐界的 C.P.E. 巴赫。三个首字母包含着这么一种特质：可以藏纳许多秘密，包括姓名主人不拼出全名的缘由。

信件偶尔会被退回，因为新邮差可能会忽略字母后面的姓氏。即便如此，卡尔还是不打算更换门牌。他已经七十二岁了，还有多少信可收呢？就算有来信，也没什么可高兴的，因为它准会在外面静静兜上一圈后回到配送中心去。

卡尔公寓里的房间太多了：四室外加一间小厨房、一间无窗浴室和一间无窗厕所。有时候，他觉得它们就像寸草不生的田地一样。两个房间本是为他的孩子们准备的，一间给女儿，可以透过窗户欣赏翠绿的内院；一间给儿子，朝向街道，可以观察来往的车辆。然而，卡尔始终找不到可以同自己结婚生子的女性。房租数十年来从未上涨过，或许是因为这栋房子连同他本人早已经被遗忘了。

他和他纸做的家人们生活在一起，把它们放在装有磨砂玻璃门、遮光防尘的柜子里。这些书期望被他一再地阅读，就像珍珠需要佩戴，或者宠物需要爱抚一样。卡尔偶尔会产生这样的感觉：书中所有的文字都源于他的骨血。但他知道，它们是多年来被自己一点一滴"读"进生命里的。

卡尔理解那些像集邮一样藏书的人。放任目光在书脊间漫游是惬意的，因为他们觉得自己和书中人息息相通、一见如故，或者愿意与之命运与共。把书聚集在身边，就像与好朋友合住一样。

卡尔把他的绿夹克挂在门后的钩子上，紧挨着背包，把它们扯平整。然后他走进小厨房，在胶合板餐桌上给一块黑面包涂上黄油和盐，就着一杯酸菜汁吃下，又吃了四分之一个青苹果。

这座公寓是打着"带阳台"的旗号招租的，但所谓的阳台不过是在落地双扇玻璃门外加了一道铸铁栏杆。卡尔的旧扶手椅贴着门，上面放着一本用一张收据作书签的书。从这个位置可以眺望老城区（这是他正在做的），看看顾客在不在外面，或者狗狗有没有跳上屋顶（这他可做不到）。卡尔总是阅读到晚上十点整，然后洗洗睡下。拉上被子时，他对第二天的安排了然于胸：继续把一些非同寻常的书带给自己非同寻常的顾客们。

第二章　陌生人

　　一觉醒来，卡尔又觉得自己像本书了——一本缺页的书。近几个月来，这种感觉越发强烈，仿佛他这本人生之书里的纸张已经所剩无多了。

　　他在厨房里煮了咖啡。瓷杯里仿佛生着小小的一团炉火，将尚且冰凉的手指包裹在绵绵暖意之中。某种幸福感涌上他的心头，轻波微漾般在全身漫延开来。这就是他只用薄胎瓷杯的原因，即便它们更加昂贵和易碎。厚瓷无法触发任何感觉。

　　这一天像颗粒质感的黑白电影般过得飞快，只能隐约觉出发生了什么。唯有在六点半，当书店门上的小铃铛预告卡尔的到来时，色彩才注入了他的生活。

　　萨宾娜·格鲁伯躲在柜台后。她遮遮掩掩，以防顾客看到她身后墙上镶在金色相框里的报纸文章。它报道了卡尔非同寻常的送书方式，并配有占据半个版面的照片。甚至还有相关的电视报道：节目播出后，送书上门服务的订单纷至沓来。然而，新奇事物的魅力不过昙花一现，许多顾客很快意识到自己并不是读者，而是电视观众。

今天，卡尔的箱子里有两本书。尽管页数不多，但背上背包时，卡尔觉得它们分外沉重。

利昂蹲在铺有地毯的地板上，正入迷地盯着手机；待擦拭的贺卡躺在他身旁的架子上，桌上那本尼克·霍恩比的足球书原封未动。与通过一张世界性网络传出的千呼万唤相比，霍恩比自然"人微言轻"。

"又来巡视了？"利昂头也不抬地问。

"我又不是警察，"卡尔答道，"我是个送书的。能构成犯罪的只有书的内容。"

"不无聊吗？"年轻人依旧目不转睛。卡尔发现他其实不怎么关心答案，但还是有问必答，诚心实意，而且尽量详尽。

"我就像钟表的指针一样。你可以设想，一根指针可能是可悲的，因为它始终沿着相同的轨迹转圈，周而复始。但相反的情况是，它很享受路径与目标的确定性、不会走错路的安全感，一直确保着有效和精准。"

卡尔注视着利昂，尽管利昂没有回以注视。

"懂了。"利昂说。

卡尔抻了抻夹克的领子，走出书店，接下来的任务让他干劲十足。他不知道的是，从今天开始，他要承担起一项额外的任务，比把书装满背包还要艰巨得多。

这是一个夏意犹浓的秋日。日光濯洗着大教堂广场，使古城墙的遗迹生机重现，老城旧貌换新颜。

卡尔·柯霍夫一踩上被世世代代无数鞋底磨得发亮的鹅卵石路，就再次产生了被监视的感觉。他站定在原地，像灯塔的探照灯一样环顾四周。行人像船一样来来往往，有的迅疾如快艇，有的迟缓如筏子。并没有人在瞧他。

卡尔知道，为了遵守日程安排，他必须加快脚步。他甚至感觉到每分每秒都在自己的步履间流逝着。于是他继续前行，试图像甩掉苍蝇一样摆脱这种感觉，无奈的是，它依然对他纠缠不休。

突然间，一个深色鬈发的小姑娘溜到了卡尔的身边，和他保持着一致的步调。

她看起来神似图画书《公主的城堡》的女主人公。那本书的书后附有各式各样的小衣服，可以用尼龙搭扣贴在小女孩形象的身上。她和《莉莉和好鳄鱼》中同鳄鱼携手对抗坏蛋卡斯帕的小女孩也有几分相像。这个小姑娘上身穿着缝有厚厚木质纽扣的亮黄色冬季夹克，下身是黄色的针织连裤袜，以及鞋口有羊毛镶边的浅棕色小靴子。不过，最引人注目的还数那顶皮帽，上面挂着一副飞行员眼镜——显然只是时髦的配饰，而绝非有能力驾驶螺旋桨飞机的象征。而且，人们很容易将这张雀斑密布的小脸与洒满花粉的向日葵联想到一起，它们主要聚集在小鼻子附近，仿佛这是整张脸上最美的地方。她的眼睛是浅蓝色的，相较于海洋更近似天空。

"哈喽，我是夏夏，我九岁。"说这话时，她似乎没指望卡尔也报出自己的名字和年龄。这是信息，不是要求。顺便一提，夏夏的个子相较同龄人略矮，这让她在学校里受到了不少嘲弄。她还觉得自己有点胖，但这些脂肪其实只是让儿童身体迅速发育的储备。

卡尔没有放慢脚步，因为他必须尽快将书送到顾客手中。尽管不比蔬菜，但它们在他看来依然是容易过期变质的商品。

"你不怕我吗？"

"不啊。"

"你不该跟着陌生人走。"

"你不是陌生人，我认识你。"

"你不认识。"

"我总是看着你走过大教堂广场，从我的窗户朝外看。打我记事起就这样了。爸爸说，我从很小时就开始记事，而且从没断过，它们一直都在，就像大教堂的钟声一样。所以我认识你。"她源源不绝地冒出这些话来，活像座小喷泉。

"如果你认识我，那我叫什么名字？"

"我不认识大教堂的钟，但我能听出它的声音，哪怕无数人听到的是其他声音。这就好比我能从很多很多人当中看到你一样。"

这套论证没能说服卡尔，只是让他觉得她十分天真。"所以你不是真的认识我，那我还是一个陌生人。"

"你是送书人，我这么称呼你。所以你有一个我认识的名字。"

卡尔叹了口气。"如果你已经监视我很久了，那你肯定知道，我总是一个人走路。"

"当然了。你一个人走，我一个人在你旁边走。"

"别，"卡尔说，"不行。"

他虽然喜欢小孩子，但并不了解他们。他离自己的童年已经太过遥远了，关于它的记忆就像褪色的宝丽来相片一样。而且，他在渐渐老去，孩子却始终是孩子，他们之间的距离只会越来越大。如今，他已经不知道该如何弥合这种距离了。

于是，他把夏夏留在了原地。

次日，夏夏又出现在了老地方。起初她一言不发，只是走到他身边，打量着他。"昨天晚上我仔细想了想，你会不会真的是个危险的人，因为你问我怕不怕你，"她指了指他的双脚，"可你走路的样子并不危险。"

卡尔看看自己的脚，观察起它们移动的样子。他从没考虑过用危险的方式迈步是怎么一回事。但他昨晚考虑过的是，万一夏夏再来，自己该怎么办。总之，无论如何不能带上她。

于是他说："我在转角处和老城某条小巷里走路的样子或许很危险。"

"我不信。"她摇摇头，一头深色的卷毛也随着晃动。

"我会在那儿抓小孩。"

"你做不到。"夏夏不以为意。

"我要证明给你看吗？"

"你太迟钝啦。"

"你确定？要不要我把你抓起来？"

"真的吗？"她收起下巴，挑挑眉毛以示怀疑。

"我办得到！"

"你现在不抓就是不敢喽。"

卡尔绕着夏夏走来走去，她紧紧盯着他。他等待着，趁她眨眼睛的工夫伸手去抓她。但她轻轻松松就躲开了，只是侧身跳出一小步而已。他再次伸出手，而她又闪到了一边，毫不费力，然后哈哈大笑起来。

"我们在学校总玩抓人，我是玩得第二好的。只有斯温娅比我强，她做什么事都是最好的，所以不能算上她。而且她特别小气，会给朋友打分，还经常改分数。"

卡尔放弃了抓住夏夏的第三次尝试。他已经把自己弄得够可笑了。但愿没人注意到他，不然他会颜面无存。

夏夏乐呵呵地看着他。

"你不怕我，但听上去你好像挺怕斯温娅的？"

她点点头。"没错。但所有人都一样。还是怕她比较好。你也会怕她的。"

卡尔忍不住大笑起来。这感觉就像一台生锈的旧机器重新开始了运转一样。

"你笑起来好奇怪,"夏夏说,"嗯,好像你不太会哈哈笑。"

"没有人不会哈哈笑。"

"不,我的芭贝尔姨妈就不会,她从不哈哈笑。她们那儿的人都不这么笑。"

"她是从哪儿来的?"

"瑞典,我记得。"

"那为什么瑞典人不哈哈笑呢?"

"因为那儿的冬天太冷了。要是想大笑,就得张开嘴,让冷气吹到牙上,这得多疼啊!所以那里的人只会微笑。遇到逗乐的事情时,芭贝尔姨妈会奇怪地摆手,有时还会原地咚咚跺脚呢。"

卡尔拐进了萨利安街。"你爸妈一定很担心你在哪里。"

"我爸爸在上班,我妈妈去世了。"

卡尔停下脚步,看着夏夏的蓝眼睛。"我很遗憾。"

"替谁？"

卡尔思索了片刻。"都有，但替第二个人遗憾得更多。"

"妈妈只是前厅抽屉柜上的一张相片，我对她已经没有印象了，所以你不用为她的死感到难过，我觉得，"她指着自己的嘴巴笑了笑，"爸爸说，我有妈妈的笑容和笑声，所以我特别喜欢笑，好像这样妈妈就会跟我一起笑。你妈妈也会跟着你一起笑吗？"

卡尔不太想谈论自己的母亲。"要是你爸爸回到家时，你不在家……"

"他知道的。我经常去别的地方，爸爸从不担心，所以你也不用。"妻子去世后，家中失去了一个收入来源，为此，夏夏的爸爸经常在金属构件公司里闷头工作，加班加点，否则父女俩就得搬家。他不希望女儿承受压力，也不想失去自己的朋友圈子。他无论如何都要留下。

"今天我要跟你一起走，我打定主意啦。因为我想知道你经常去哪儿。我只见过你走在大教堂广场上，然后就不见了。我总是想象你要去哪些地方——还会把想象画出来。现在我想知道答案，因为我很好奇。我实在太好奇了，所以干脆就来找你了。"

达西的别墅就在不远处。

"有句谚语叫'好奇心害死猫'。"卡尔说。

夏夏挑起眉毛盯着他。

"说白了，这句话的意思是'你别跟着'。我不想多说了。"

第三天傍晚，夏夏又来了。她想到了一个聪明的计划：提出的作伴理由再好，还是会让卡尔想出更好的反对理由，所以干脆啥也别说，就跟着他走。

眼下，卡尔每走一步都在等待她开启对话，可她一言不发。他不知道该对她说点什么，于是也不作声。就这样，两个人并排走了很久。而在这段时间里，卡尔已经决定任她跟着自己了，仅此一天，尽管这肯定是个错误——谁叫她今天这么安静呢？他看着她。

"你一个字也别说，要安安静静的。"

"哦哦。"

"也别像小孩一样瞎胡闹。"

"绝不会。"

"不要打搅我的顾客。"

"我从不打搅别人。"

"就这一天，下不为例。你知道下不为例是什么意思吧？"

"当然，我不是小孩子了，我快十岁了。"

夏夏必须迈出两步半，才抵得上卡尔的一步。这让她趔趔趄趄地追随在他身边，把他皮鞋底拍打地面的均匀节奏都打乱了。

达西先生的别墅近在眼前，卡尔止住脚步，深深地吸了一口气。

"达西先生是位了不起的顾客，他差不多每天读一本书。"

"一整本书？"

"对。"

"哇哦，"夏夏赞赏地点点头，"他肯定没多少别的事要做，"她望着这栋别墅，"房子里肯定全是书，一直堆到屋顶。"在她看来，一座堆满书的豪宅无异于乐园，或者起码符合她对乐园的部分想象。另一部分想象则十分传统，那就是遍地的棉花糖树和巧克力喷泉。夏夏认为，一个九岁孩子的乐园总该是一应俱全的，就像玩具组合套装一样。

"我想，达西先生可能不擅长和小孩打交道。"卡尔一边按门铃一边提醒她。此刻，他着实体会到了什么叫作休戚与共。

房主打开门，瞬间又关上了门，因为他瞧见了夏夏，以为她是来募捐的。达西讨厌当面捐款。他每年都会将盈利的十分之一汇向慈善机构，只是觉得亲手把钱交给对方的举动像在赔罪。

卡尔再次按下门铃。"是我，冯·霍恩尼施先生。城门口书店的卡尔·柯霍夫。"

门又开了。"这孩子想做什么？"

"她陪着我。她很乖的。"这不是一句陈述，而是一个请求。

"您有多少本书？"夏夏问，"加起来。"

达西只是摇摇头，似乎没有听懂这个问题。

"我很会数数，"夏夏说着从他身边钻过，"我数得特别好。谁说女孩数学不好？全是瞎扯！说女孩不会运动也是一样。我还能边跑步边数数呢。要不要我展示一下？"夏夏没有等待回答，因为她已经见识过什么叫所问非所答了，所以她一溜烟跑进了别墅。除了天鹅绒壁纸上的挂画以外，长长的走廊空空如也。到处都是楼梯和栏杆、门和窗子。这里既没人也没书。夏夏满心期待着一墙墙书，却只看到一堵堵墙。

"站住，孩子！"她听到了身后的呼喊，但骗自己被喊的是另一个乱闯别墅的人。

不多时，夏夏来到一间宽敞空荡的大厅。古旧的壁炉里生着火，深褐色的皮沙发旁是一张大理石桌子，上面放着一个笔记本和三本书。

"三本？"夏夏惊呼，"才三本？其他书在哪儿？地下室吗？"她正打算往外跑，但达西和卡尔已经走进了大厅。

"真的很抱歉，"卡尔说，"这种行为实属不该……"他羞愧难当。他把寥寥无几的忠实顾客当作生鸡蛋一般小心呵护，现在却眼睁睁地看着其中一个被夏夏打破了。她招惹谁不好，偏偏找上达西先生这个无比矜持、极其注重隐私的人。为什么让她跟着自己？为什么不严词拒绝？真不中用。现在就把这个孩子送回家，在那儿等她下班的爸爸，然后要对方看好夏夏，让她别再纠缠自己。达西先生走到了夏夏跟前……他是不是怒不可遏了？

"你找不到更多书了，"达西的语气柔和得出人意料，"房子里只有这三本。"

夏夏愕然地望着壁炉。"剩下的被您烧啦？"

达西坐到沙发上。"请你过来一下。"

夏夏毫不迟疑地照做了。她的世界观暂且是这样的：富人必定是好人，否则不会如此富有。这种看法当然会随着时间的推移而改变。

"你知道，我非常爱书，所以我是不会烧它们的。不过我觉得，书是可以烧的——只能在例外情况下，比如在寒冷刺骨的冬天里快要冻死时，拿来取暖。它们能救命。书能通过各种方式做到这一点，可以温暖我们的心，也能在危急关头温暖我们的身体。"

"可是，您的书都在哪儿呢？"夏夏问。

"你知道吗？人们正在渐渐遗忘阅读。每本书上都有人，有他们的故事。每本书下都有一颗心脏，在你阅读时开始跳动，因为你的心与它是相连的。"达西的声音透着悲伤。他说话时并没有看着夏夏，而是望着炉火。他向来沉默寡言，这次难得开口，也是近乎自言自语。如若非要指定一个听者，那就非卡尔莫属了。很久以来，他积攒了很多想对卡尔说的话。"我是一个不合时宜的人，我喜欢这样。我在一个加速运转的世界里徐徐前行。而且，我希望人们都能阅读，"达西从那一小摞书中拿起了一本，"在纸页泛黄前，我读过的所有书都被送去了老城图书馆，这样其他人也能欣赏它们。"

"泛黄……"夏夏下意识地嘀咕道，"怪恶心的词，听起来好像黏糊糊的。"

"对，没错！而且具有传染性，像一种摸到书页就会得的病。没人愿意碰一本已经泛黄的书——书中的'麻风病人'。我为老城图书馆提供了资金，用于建造一座副楼，他们可以把泛黄的书存放在那里，防止它们进一步老化。被遗弃的殖民地——你想这么形容也可以。可惜，它们已经没法恢复如初了。"

夏夏想象了一下那些旧书相互依偎在昏暗图书馆里的情景，觉得十分难过。在这里看到的东西也叫她兴味索然。整个别墅空荡荡的，只有光秃秃、冷冰冰的墙壁。

"可是，一定有几本书是你特别喜欢的吧？不舍得送人，只想留在身边。我是永远不会把《两个小洛特》送人的！"

"正是这些书才应该拿来送人，他人会在其中找到属于自己的幸福。眷恋至深的、最难割舍的书。"

"您的口气好像一个牧师啊。"

达西不禁微笑起来。"有时候，我也觉得我像，"他将目光投向卡尔·柯霍夫，"看来您有了一个机灵的小跟班。"

"我跟您一样意外。"

"欢迎您再带她来。但我现在必须处理一些事务，赶在重洋之外的证交所关门之前，"达西喜欢文绉绉的表达，这为理性的金钱游戏增添了一层迷人的色彩，"下次我领着你看看我的花园，好吗？你和柯霍夫先生。一直以来，我都很想带他参观一下。"

卡尔是个有泪不轻弹的人。他上一次哭泣还是在十四岁，当时的他被一个女孩伤透了心——课间休息时，她把他喷上母亲昂贵香水的情书读给自己的朋友们听，然后将信扔进了纸篓。卡尔不记得她的名字了，泪腺也早就疏于分泌感伤的泪水了。所以现在，他只觉得眼角痒痒的。

达西先生把他们送到门口，三个人礼貌地相互道了别。

卡尔看向夏夏，她正在尝试单腿站立。他盯着她看了好一会儿。

"我知道你想跟我说什么，"她终于找到了平衡，"我不应该跑进去。真的不该这么做。"

卡尔点点头。

"而且你想说，你当时特想揪着我的耳朵，把我拽到我爸爸跟前，"她威胁般地竖起小指，"这样我就再也、再也、再也来不了了。"

卡尔没有点头。

"但现在，住在这儿的人这么好心，还邀请咱俩做客，你就没法说那些话了。因为我跑进去确实是件好事——虽然本来是不对的。所以，你不知道该说什么了。你的脑子里有两个声音，但不知道哪个更有道理。给你提个不错的建议：让我继续跟你一起走。我会懂礼貌的。因为我从我的错误里学到了教训，所以应该被奖励，对吧？"

"你可真有主意。"

"我在穿过长长的走廊时就想到这些啦。"

"我得走了，"卡尔摇了摇头，"还得把背包里的其他书送到顾客手上。"

"那我呢？"夏夏问，"我根本不知道怎么从这里回家啊。"

卡尔止住脚步。"你在走廊里也想到这个问题了?"

夏夏自豪地点点头。"得事先做好准备嘛。"她的微笑纯真无邪,仿佛她是全世界最可爱的小姑娘。

卡尔深深地吸了一口气。"但你再也不会因为好奇而闯进别人家里了,是吧?"

"不,我不会了。"

"真的?"

夏夏走近他,向他伸出手。他握住了她的手。

"说话算话,绝不反悔。"夏夏的手有节奏地晃动了几下,以示对这条承诺的再三确认。

接下来,他们前去拜访一位修女。她住在一座古老的本笃会修道院里,一步也没有离开过。落成五百一十九年后,修道院被梵蒂冈下令解散。但这位修女不想离开,因为这里是她的家。

玛丽亚·希尔德加德修女出生时,没人料想她有朝一日会住进修道院。她的父亲是分子生物学家,母亲是天体物理学家。他们都坚信科学,认为只能用字母而不能用数字来解释的东西没有任何价值。在两个人心中,上帝是无足轻重的。

然而，他们的女儿在上幼儿园时就说过，她既不想成为公主也不想成为天体生物学家（这是她父母深藏在心底的梦想），而是想做一名修女。夫妻俩对此嗤之以鼻，觉得这只是小孩子的突发奇想罢了。而且，他们常常提及想要孙子。这个愿望和女儿一同长大着，模模糊糊的，就像一片远在天边的云彩，没有固定的形状，只是任风捏塑。云千变万化，风却始终如一。高中毕业后，女儿前往津巴布韦，为当地的孤儿服务了六周。这个项目正是由本笃修女会运作的。在那些人中间，未来的玛丽亚·希尔德加德修女的生活无比平静。她在晚间阅读《圣经·新约》，这不同于学校布置的课前任务，完全出于自愿，她想记住多少就记住多少。她认识了这个叫耶稣的年轻人，为她指出一条路，而这条路将她带进了一座本笃会修道院。在那里，她平生头一遭体会到叶落归根的感觉，像回到了家，尽管事实恰好相反。玛丽亚·希尔德加德修女再也不想离开这个地方了，因为外面的世界从未让她感觉这样好过。

可是，大主教区已经发出了迁离通知，切断了水电和暖气供应，甚至以诉诸行政处罚相威胁。基于一条古老的教律，动粗驱逐是不被允许的。但只要她走出这里，他们就可以阻止她回来。玛丽亚·希尔德加德修女不知道自己是否处在持续的监视之下，但她不想冒任何风险。卡尔总是为她送来一些犯罪小说，而且每次都夹带着一磅面粉和一包蜡烛，以保证她的基本生活，尽管他们对此事只字未提。其他邻居也会送给她一些东西，并祈求上苍不会反感这种举动。

卡尔对玛丽亚·希尔德加德修女在修道院天井中打理的小菜园一无所知，也不知道那里有一口为她提供饮用水的井。这就是她在和他谈论时总是对天气了如指掌的原因：天气对她的植物来说非常重要。他给她取了赫尔曼·黑塞的小说《纳尔齐斯与歌尔德蒙》中那个虔诚修士 [①] 的名字——只不过选择的是更高一级的植物学分类，称她为阿玛丽莉丝修女。

和修女打交道对夏夏来说是件好玩的事。她想知道她们是不是只吃圣餐饼，帽子下面有没有头发（一般来说有多长），以及有没有专门的"修女睡衣"。她倒没问

---

① 指男主人公纳尔齐斯，其名意为"水仙"，属孤挺花科属（Amaryllis），音译为"阿玛丽莉丝"。

"是不是所有东西都必须用圣水清洗",但实在按捺不住对另一个问题的好奇。

"修女永远不能结婚,真的是这样吗?"

"我已经结婚了。"

"啊呀!上帝知道吗?"

阿玛丽莉丝笑了起来。"上帝就是我的新郎。"

"你的新郎住得也太远了。"

"怎么会?天堂就在咱们的头上。"

"是,是,但是你不能飞呀,"夏夏仔细观察着阿玛丽莉丝的袍子,"你能吗?"

"我还没有试过。"

"试试吧。如果你是上帝的妻子,他一定愿意让你待在他身边。"

"所有修女都和上帝结婚。"

夏夏歪起头。"我以为,一个人只能有一个妻子,"然后她恍然大悟地点了点头,"他是上帝,当然不用遵守他定的规矩啦。"

阿玛丽莉丝修女无言以对。卡尔赶紧向她告辞,假装自己什么也没听到。

下一本被包装得一丝不苟的书是带给浮士德博士①的。此人自称是一位退休教授，但其实从未受过高等教育。他虽然足够聪颖，但父母没有钱支持他深造。所以，他走上了父亲和祖父的职业道路，成了一名铁路售票员，每天忍受着关于不准点、不称职或不友好的指责和埋怨。他总是神色紧张，就像被人跟踪一样。而且他很怕狗，特别是贵宾犬。然而，一个忠实的同伴又是他由衷渴望的——一条机灵可靠、与众不同的、适合他这种饱学之士的狗。他的聪明脑袋暂时还没想出化解这个矛盾的办法。

为他想出一个名字简直太容易了。浮士德博士阅读历史学论文，为的是在写给作者或其执教大学的信中尽可能多地驳斥他们的观点。他对卡尔讲了一些——大多是在断章取义。而且，他的解释就像分叉的河流一样，越来越浅。有时候，他说着说着就会摇摇头把门关上。

这次，长袜子夫人给卡尔出了一个听起来不太卫生的故意拼错的词——"起屎层"。

---

① 托马斯·曼同名小说的男主人公。

卡尔总是在送书途中进入一种忘我的境地。他很少思虑，包括思考该怎么走——他的双脚应付得来。但今天的情况很不一样。夏夏居然没怎么说话，只是跟着他。这太不寻常了。

她为啥非要跟着我？卡尔问了自己一遍，又问了夏夏一遍："你为什么不跟其他孩子一起玩呢？现在的小孩都不在一起玩了吗？"

"没有，不是。"

"只是你不想？"

"想。"

"但不是现在？"

"嗯。"

"你有朋友吗？"

"当然。"

卡尔在和书店实习生的交谈中熟悉了这种惜字如金的说话风格。也许对方会把由此节省下来的精力花在别的事情上。

"有谁？"

"阿历克斯、莱拉、西蒙娜、安娜、艾娃-莉娜、蒂姆。不对，没有艾娃-莉娜了，她现在又烦人又自大又蠢。下一本书能不能让我亲自送？"

将包装得像礼物一样的书交到他人手中，这是卡尔最幸福的时刻。他觉得（但绝对不会承认）自己有一点——只是一丁点——像圣诞老人。

所以他的回答是："不，不行。"

"求你了！就一次！"

"我很抱歉。"

"求求求求求求求你了！"

"也许下次吧，反正不能是在艾菲·布里斯特家。"她是今天的最后一位顾客。

"不要！就现在！以后我再也不烦你了。说话算话。"

"这是讹诈。"

"我知道。所以行不行？"

艾菲·布里斯特的家就在他们眼前了。卡尔摇了摇头。"不行，不过你可以按铃。"

"这能一样吗？"

"和递书不一样的是，这能发出好听的声音。"这话不假，因为铃声是大本钟的旋律 [1]。

---

[1]　又称"威斯敏斯特钟声"，是广泛流行于全世界的报时音乐。

没过多久，艾菲·布里斯特打开了门，显得有些上气不接下气。"您好，柯霍夫先生，"她看到了夏夏，"您今天把孙女带来了？"她向夏夏伸出手。

"不，我是夏夏，我是来帮忙的。人们应该时时刻刻帮助老人。"

卡尔每天都觉得自己在变老，但体会都不及现在这般深刻。夏夏似乎在他身上贴了一张标签：不能自理。

"我很喜欢孩子。"艾菲说。

"您有吗？"夏夏觉得这个问题很容易回答，只需要说"有"或"没有"。然而对于安德莉亚·克雷门来说，答案绝非一个词，甚至不是一本书，而是一整座图书馆。

"还没有。"她总结道。

卡尔解开背包扣，掀起包盖，拿出了今天的最后一本书。

"我可以把它交给您吗？"夏夏问，那嗓音甜得像薰衣草蜜。

"您就让这孩子把书交给我吧。这对她来说似乎很有意义。"

卡尔在犹豫。他不想完成这次交付了。这还是几十年来头一次。一切都在改变，而且对卡尔来说太快了。他感觉自己手上的每一块肌肉都在抗拒，僵在离夏夏小手不远的半空中。

夏夏接过包裹，急匆匆、大咧咧地把它塞到艾菲的手中。

"您拆吧。我拆礼物一直很快，因为我想看看里面是什么，"夏夏笑道，"现在我想看看您的礼物是什么。"

那是《暗影玫瑰的女儿》，一本畅销小说的续作。根据宣传语，它讲述的是一位在阴森恐怖的孤儿院中长大的、极具天赋的年轻女园艺师的传奇经历。

"看起来很悲伤。"夏夏看到封面上有一个顶着风暴穿过沼泽的女人。

艾菲翻了几页。"对，是这样，但也很真实。我真的等不及要读了，"她注视着夏夏，"下次你再给我带一本书来，好吗？"

"没问题，"夏夏说，"只要他准许。"

"您会让她来的，对吗？"

卡尔浅浅一笑。"再说吧。"

艾菲又看向夏夏。"柯霍夫先生的意思是可以。"

也可能是不可以，艾菲琢磨着，但她不希望是这个意思。但凡话没说透，就还有解释的余地，值得好好利用。

双方道了别。卡尔不得不接受出现在他原本按部就班的生活中的一个变化——不能直接回家，而是必须先把夏夏送回大教堂广场。这样一来，他在自己公寓里读书的时间就会缩短，每天读完的页数就会变少，读完一本书所需要的时间就会变长，开始读下一本书的时间就要推迟。在一种一切都精确地环环相扣的生活中，一粒尘埃就足以破坏齿轮组的平衡运转。

"这个人真好，"夏夏说，现在她决定谨慎一点，"但她有点不对劲。"

"我知道。"

"她翻书的样子好奇怪。你也注意到了吗？"

"这话是什么意思？"

"我不知道，下次我要好好留意。她的动作就是有点不正常。"

"艾菲是个很特别的人。"

夏夏蹦蹦跳跳起来。"你为啥叫她艾菲·布里斯特？达西先生又是怎么来的？门铃上写的明明是其他名字。"

"这些是我给他们起的名字，更合适的名字。喜欢读书的人值得拥有一个小说人物的名字。"

"我也值得拥有吗？"

"你读书很多吗？"

"挺多的。"

"你会给自己起什么样的名字？"

"我是在问你。"

卡尔思索了一会儿。"你还没有。"

夏夏大笑起来。"好吧，好吧。但明天你会把名字告诉我的，对吧？拜拜，送书人。"然后她跑远了。

卡尔决定去买瓶葡萄酒，用酒精舒缓一下自己的神经。老爷车需要润滑油，他需要的是酒。还得是法国西万尼，因其梨子和椴椂的特别风味，也因他很喜欢指尖摩挲瓶身的感觉——这种被打磨得异常圆润的扁形瓶几乎只见于这片葡萄酒产区。他一次买了两瓶，毕竟，明天夏夏很可能还会出现。

第二天，卡尔去"眺望大教堂"养老院拜访了他的老上司古斯塔夫·格鲁伯。其实，只有站在屋顶上，再蹦个三米高，你才能从那里看到大教堂。卡尔总是在早午餐之间登门，以免打搅古斯塔夫吃饭。在养老院里，时间是以一天中的饭点而不是以小时来衡量的：咖啡和蛋糕，晚餐，然后是睡前饮料和甜食。

古斯塔夫曾有一头小麦色的鬈发，现在则带着同样颜色的假发。它的色度衬得他仅剩的几簇眉毛和灰白的胡茬喜感十足。如今的古斯塔夫有点像个洗尽妆容的小丑，笑纹和抬头纹之间依然满是幽默感和机灵劲儿。他心底的调皮鬼可能已经疲惫了，不再上蹿下跳，身上铃铛的光泽也黯淡了，但还是能耍出一些滑稽的把戏。

古斯塔夫正躺在床上，手里捧着一本被拿掉封壳的精装书。他握不住太重的东西，但还是不肯接受平装本。似乎只有带着封壳，这些珍贵的文字才会被好好保护起来，免受损害。而现在，他感觉自己是如此地孤立无援，仿佛被时间与死神折磨得遍体鳞伤。他希望与他共度短暂时光的这些文字至少是安全无虞的。

当卡尔走进房间时，他把书塞进了被子下面。

"你看起来不错。"卡尔说。

"你扯个像样的谎言吧。我看起来一点也不好。如果我是一座房子，拆迁挖掘机马上就到了。"

卡尔指着被子。"你每次都这样，古斯塔夫。"

"什么？看起来很糟吗？我已经练习几十年啦。"

"我是说把书藏起来。"

"没有无缘无故的事，对吧？"

"你觉得我会介意你在这把年纪看情色读物吗？"

古斯塔夫哈哈大笑起来，紧接着是一阵咳嗽。

自从发生这种情况后，他一直在努力控制大笑。这意味着他不能再读、听、看任何好笑的东西了。比如，报纸上的笑话专版会被他立即丢掉。这确实减少了咳嗽发作的次数。然而，他的肺很怀念他的笑声，因为笑促进了血液循环。他的心想必也有同感。

"我太老了，"古斯塔夫喘上一口气后说，"我已经看不懂那种书写的是什么玩意儿了。我太老了，情色内容就像古希腊文。我可以读这些字母，却没法理解意思了。"

"那你为什么老是把书藏起来？"卡尔坐到古斯塔夫床边的椅子上，握住他的手。

"你真想知道我在读什么吗？"

"当然。"

"你会笑我。"

"不，我保证。"

古斯塔夫抽出书，递给了卡尔——那是史蒂文森的《金银岛》。卡尔抚摸着装帧精美的封面。

"我在读我少年时代读的书。冒险小说，很多卡尔·迈的作品。虽然我发现很多写得并没有我记忆中的那么出色，但这种感觉还是像回家一样亲切。"

"那你有什么好遮遮掩掩的？你这个老笨蛋。"

"这里的护工叫我教授，因为我是个书商，所以……"他顿了一下，"他们把我当成一个知识分子。你能想象吗？"

"你就是。"

"读很多书并不能让人变成一个知识分子。吃得再多也不能让人变成美食家。我完全是自利地以阅读为乐，出于对奇闻趣事的喜爱，而不是为了了解世界。"

"人们没法否认，在你这种长者的脑袋里总会积淀一些东西。"

古斯塔夫用食指敲敲他的《金银岛》。"这些书当年是我父母送给我的，你知道，他们也是书商。"

"格鲁伯王朝。"

"没错。在一些家庭里，人们通过食物来展现爱——给面包抹上厚厚的黄油，或者多夹一片火腿。另一些家庭的成员经常深深地拥抱彼此，用温情对抗世界的冷漠。在我家，爱始终是经由书来表达的——虽然未必是合适的书。刚上小学时，我只能费力地辨认每句话，把每个字母磕磕巴巴地念出来，然后断断续续地拼起来，"他大笑起来，然后咳嗽了几下，"当时，我父亲送给我的书居然是托马斯·曼的《布登勃洛克一家》。好几百页的大长句子！这些精美绝伦的句子就像贵重的金链子一样被锻造出来，但实在是太长了，以至于只起到一种效果——把我吓坏了。一年后紧跟着的是托尔斯泰的《战争与和平》。我十岁时，还没有'逝水年华'呢，我母亲就把普鲁斯特的那本书送给我'追忆'了。对我父母来说，没有所谓给孩子或给大人的书，只有好书或坏书，而他们送给我的都是最好的。这样的礼物堪比可以终生珍藏的钻石首饰，"古斯塔夫咧嘴一笑，"我又在高谈阔论啦。"

"这样的你我认识一辈子了。我也不想让你变成别的样子。"

"骗我！"古斯塔夫捶了一下卡尔的胳膊，力道轻得像微风一样，"不过给我保持下去。"

"最近我看到一本书，内容让我想到了你。"

"难道是关于一个满城皆知的情场老手，即使到了晚年依然追着一条条裙子跑？"他浑浊的眼睛里闪过一丝戏谑。

"是关于一个老书商造访所有他在书中读到过的地方的故事。"

古斯塔夫在床上微微坐直，这花了他不少力气。然后，他指指自己骨瘦如柴的身体说："你看我像从长途旅行回来的吗？去厕所可能算一趟。"他朝卡尔亲切地会心一笑："你是个兢兢业业的送书人，不是吗？别再问我过得怎么样之类的问题了，多给我提供些书籍方面的建议吧。"

"我是你的学生，"卡尔把《金银岛》还给古斯塔夫，"也许史蒂文森的小说能让新实习生喜欢上阅读。"

"萨宾娜跟我提起过他。他叫利昂，对吧？"

"换作是你，你早就找到适合他的书了。在这种时候，我们才意识到有多想念你。"

古斯塔夫摆摆手。"萨宾娜早晚会做得比我以往任何时候都好。"

卡尔觉得椅子不太舒服，扭了扭身子，试图换个舒服的坐姿，然而他找不到。

"这个话题让你不舒服了，对吧？你才是个老笨蛋！"古斯塔夫抿嘴一笑，"我知道你不相信我，但萨宾娜很喜欢你，她只是不善于表现出来。"

"我对她也一样。毕竟她是你的女儿。"

"还是你的老板。"

"的确，我得按合同规定喜欢她。"

"你只需要理解的是，她想让一切焕然一新。这是年轻人的特权，"古斯塔夫抚平他的床单，"此外，她必须坚持主张，特别是在其他人面前。身为老板是不能展示弱点的，"他稍稍倾身，压低声音，口吻像在安抚，"她答应我，只要你愿意，你就可以出去送书。"

"谢谢。"卡尔没有看着古斯塔夫的眼睛，因为他不想暴露送书这件事对自己来说有多重要——尽管对方早就知道了。

"她一直有点嫉妒你，"古斯塔夫继续说，"因为你是个天生的书商，而她不是。"他搞错了。他的女儿始终认为自己的现代化经营方法更胜一筹。

而且她一直觉得，她的父亲太把卡尔放在心上了。

她羡慕卡尔的能力，但更羡慕这份爱。

"人们信任你，"古斯塔夫说，"这对一个书商来说是最关键的。当你向顾客推荐一本书时，他们不仅仅是期待自己会喜欢，更是确信会喜欢。如果他们不喜欢，那一定是他们的问题，绝不是你的。"他冲卡尔眨眨眼睛。

"其实我来这儿是为了让你振作起来，不是反过来。"卡尔说。

"既然我能做得更好，就换我来吧。"

卡尔觉得是时候玩那个小小的问答游戏了，他们玩过很多次，只是每次题目有所不同。"列举五本最好的书……能让人振作起来的。"

古斯塔夫列出了它们，然后轮到卡尔。他们点评这些书的不足和长处，谈论作者。然后他们聊到以住在养老院里的人为主角的最佳图书。这有点难，但他们搞得定。卡尔说，古斯塔夫必须回到书店里，哪怕每周只待几个小时。而古斯塔夫笑个不停，都快喘不过气来了。

"我再也不会回去了，你知道的。"古斯塔夫说。

"别这么说。"

"咱们是旧电子管收音机，咱们的时代已经过去了。虽然在运行的时候察觉不到，但事实就是替换零件已经没有了。"

"你听起来像那种印着格言警句的明信片。"

"要是运行得不错，那还不算糟糕透顶，"古斯塔夫呼哧呼哧喘着气，"我得睡一会儿了，这对我的脸色有好处。"他迟疑了片刻。每到他们谈话的这个时间点，他都会问同样的问题。古斯塔夫深吸了一口气，声音微微颤抖："你下周还来吗？"

"当然。"

"听到你这么说真好。"

"我还会探望你很多年呢，你知道的。"

古斯塔夫点点头，又把头转向一边。

"保重，老板。"卡尔轻抚着古斯塔夫干瘦的上臂向他道别。

"保重，学徒小子。"

第三章　红与黑

　　在城门口书店里，那篇被裱框的关于卡尔的报纸文章已经不见了。凸纹墙纸上的浅色矩形证实了这一点。萨宾娜·格鲁伯跳过问候说："卡尔，您的顾客圈子订购的书越来越少了。"她发出一声叹息。

　　"我收的配送费不多。"

　　"但还有后勤支出，柯霍夫先生！"她扬起的眉毛快要挨上发际线了，"这么点书要花费这么多时间。咱们的经营方式已经今时不同往日了。"

　　"大家都很满意。"说这话时，顾客们感激的表情浮现在卡尔眼前。他微笑起来。

　　"如果多走上几步光临书店，他们会更满意。动一动有益健康，呼吸新鲜空气也是一样。您不这么认为吗？所以，咱们别再大肆宣传这种特殊服务了，别让顾客知道。咱们能达成一致，对吧，柯霍夫先生？"

他自萨宾娜出生起就认识她，她曾经坐在他的腿上，他给她朗读一本又一本书，或者和她玩"骑马马"游戏，逗得她哈哈笑。她曾叫他卡尔叔叔。萨宾娜是卡尔极少数喜欢的孩子之一。接手书店管理后，她请他去自己的办公室，并表示，两个人从此以后要以"您"相称，理应如此。

卡尔觉得根本不应如此。

"您是老板。"他说，然后他走进办公室，开始给书打包。书店里的其他同事都用鼓励和同情的目光看着他。在这里工作的每一个人都是卡尔一手带出来的，但现在都缄口不言，噤若寒蝉。

尼克·霍恩比的《极度狂热》依然静静地躺在写字桌上，利昂依旧蹲在地上玩着手机。

卡尔默默地做着手头的事。今天有本书要派送给赫拉克勒斯，所以步行的时间会更长些。

走近大教堂广场时，卡尔放慢脚步，环视四周，为的是避开一个顶着深色头发蹦蹦跳跳的身影。他今天不想要一个乱提问的跟班，或者更糟的是——问得正好。

他很不情愿地换了一条路线穿越大教堂广场——穿过阴暗的拱廊，靠近商店，经过人们吃吃喝喝的桌椅板凳。不过走这边是最不可能被夏夏瞧见的。卡尔甚至考虑起要不要摘下帽子，但他立刻打消了这个荒谬的想法。

只消再走几步，他就会拐进贝多芬街。

"你平常不走这边，"一阵清亮的声音突然传到他耳边，"差点没找到你。"

卡尔一愣，是夏夏。他太吃惊了，以至于僵在了原地。

"还不错吧？"她转起圈圈来，"今天不是红黄蓝，虽然那是我最喜欢的颜色组合。"

她穿着橄榄绿的牛仔裤、青蛙绿的 T 恤和浅绿的雨衣，背着一个背包——这些东西是特地向两个朋友借的。夏夏现在看起来有点像卡尔。卡尔本来想说，她今天不能跟着，但这身装束叫他妥协了。

"你这个年纪的小姑娘不喜欢穿粉色的衣服吗？"

"我快十岁了！"

"对不起。"

"我喜欢圆点，不喜欢格子、方块或者所有带棱角的图案。"

"可你身上没有圆点。"

夏夏稍稍提起裤腿，露出了圆点图案的袜子。"这是我的独家标记。你的袜子是什么样的？让我看看。"

"没有圆点。"卡尔可不想给人看他的袜子。

"我早猜到啦。你看起来就不像会有。"

"有圆点的人看起来什么样？"

"不是你这样的。相信我，我对圆点可有研究了。咱们现在走吧。我还有事要做呢。"

卡尔一动不动。"你打算干什么？我必须得知道。你又想横冲直撞？"

"不，不是干坏事。我保证！我发誓！但在我做完之前，先不能告诉你。"

"可是……"

"我这么做都是为了你。好吧，不只是为了你。不过主要是，"她盯着他，"其实，我在计划两件很棒的事。第二件是可以告诉你的，而且是必须告诉你的。"

"我真的很想知道。"更加发自内心的回应是"别让我着急"，但即便是在这种焦灼不安的时刻里，卡尔还是想保持礼貌。

"昨天晚上，当我躺在床上时，我又开始想事情。我总是想得很多，在睡着以前，到处都黑漆漆的时候——除了天花板上的星星灯还亮着，"她竖起食指，"我在想，你不能给我起一个书中人物的好名字，是因为你不够了解我，所以我今天必须给你讲很多很多关于我的事，最好是全部。"

然后夏夏将她的计划付诸行动，滔滔不绝起来。从出生（产前阵痛仅仅持续了两个小时，她生下来就有头发）到上幼儿园（海豹班，飞机造型的衣钩），再到上小学（最好的 A 班，可惜席尔德女士不是最好的老师）。她非但不是班里最受欢迎的，恰恰相反，她不仅是体育课上坐冷板凳最久的那个女孩、小组活动中落单的那个女孩，也是课间常常独自坐在宿管处门口地上、远离玩捉迷藏或攀爬架的其他人的那个女孩。夏夏对书的热爱在各种场合下显露无遗，使得其他孩子都嘲笑她是书虫。他们甚至用彩笔在她的椅子上画了一条虫子——坐在马桶上的虫子。连西蒙也开她的玩笑。这个男孩长得像罗恩·韦斯莱①，只对电脑游戏感兴趣，觉得几乎所有女孩都很烦人。但夏夏并不讨厌他，一点都不，虽然她也不知道为什么。她哪里解释得了这种奇怪

---

① 《哈利·波特》中的男主人公之一。

的感觉？

他们在赫拉克勒斯居住的漂亮公寓前停住了脚步。这是今日送书行程的第一站。

"等一下。"夏夏在卡尔按下"麦克·特吕弗"这个名字旁边的门铃之前说到。她有些吃力地从背包里抽出一本厚厚的纪念册，表面有独角兽和彩虹图案，侧面挂着一把金色的密码锁。卡尔知道书可以拯救世界，还不知道纪念册也能。它能拯救的世界或许很小吧，但它的价值对里面的人来说是无可替代的。

"你不用跑进他家，"卡尔提醒她，"他会请我们去厨房喝茶的。"

"我已经保证过不再乱跑了。只在达西先生家跑过，而且那是件好事！"

"你凡事一定要辩个明白吗？"

"我说得对不对？"

这时，公寓大门打开了，一个身材健硕的男人正在三楼的家门口等着他们。他穿着黑色的T恤，下面的肌肉线条很是显眼。

"柯霍夫先生，快进来！我马上给你泡伯爵茶。"

夏夏仰起头看着卡尔，悄悄地问："你这么喜欢这种怪味的茶？"

"不是的，但如果告诉他，就不太礼貌了。"

"可这样的话，你就得一直喝你不喜欢的茶。"

"他的热情款待补偿了我。"

赫拉克勒斯同卡尔握了握手，然后向夏夏伸出手。当他用大爪子包住她的小手时，她有点害怕。但赫拉克勒斯只是轻轻地捏了捏她的手。"我叫麦克，你是……"

"夏夏。"

"你也喜欢伯爵茶吗？"

"不，我也不喜欢。"

赫拉克勒斯朝厨房走去。"水？牛奶？"

"都行。"夏夏一边回答，一遍惊奇地环顾四周。她还从未见过这样的屋子：白色抹灰墙上挂满了银色相框，图片上的字体充满艺术感，有印刷体，也有笔走龙蛇、难以辨认的手写体，有的排列成心形，有的组合成教堂的形状。

白色和银色也是厨房的主色调。这里就像刚刚启用时一样整洁有序。夏夏问能否用一下洗手间，赫拉克勒斯给她指了路。

当她回来时，桌子上已经放着一杯给她的凉水了，卡尔则得到了一杯热气腾腾的茶。赫拉克勒斯什么也不喝。

"喝茶之前，我先把书交给您。"卡尔把书从他的联邦国防军背包里拿出来。

赫拉克勒斯拆包裹的样子比夏夏见过的其他顾客都要仔细。他专注地、近乎虔诚地抚摩着它。她立刻在她的纪念册上做起笔记来。

"这就是您想要的罕见版本。"卡尔说。他是在一家古书店里找到它的，但他不明白赫拉克勒斯为什么要订这么贵的书。

夏夏探过头去看标题。

"《少年维特的烦恼》？这是关于……"

"不是。"卡尔答道。

"你还不知道我想问什么呢。"

"不，我知道。相信我。这个问题我已经听过太多遍了，已经腻味啦。"

"我的问题'味道'可没那么差。"她露出一个大大的微笑。

"咱俩又不是第一天认识。"

赫拉克勒斯把小说递给卡尔。"给我讲讲这本书吧，柯霍夫先生。"

"我不想透露太多内容。"

"不碍事，从头讲到尾吧。我真的什么都想知道。"

每次都是这样，两人跳起了修辞艺术的舞蹈，和卡尔平时在地板上跳的每一种都相去甚远。一如往常地，他又扭捏起来，因为他希望赫拉克勒斯改变主意。无奈的是，这个人总爱刨根究底。

"这是一部书信体小说，讲述的是年轻的实习律师维特爱上了绿蒂，而不幸的是，她已经和另一个男人订婚了。"

"维特是怎么爱上她的？"赫拉克勒斯皱起眉头问道。

"就在一瞬间，当他看到她为弟弟妹妹们切面包时，他被绿蒂的母性感动了。而且，她很漂亮。"

"母性？"赫拉克勒斯重复道，"那维特怎么样？我的意思是，人怎么样？"

"一个热烈奔放的小伙子。这部小说也是名为'狂飙突进'的文学思潮的代表作。"

"绿蒂的未婚夫呢？"

"阿尔伯特是个保守传统的人。"

"一个无聊鬼，"赫拉克勒斯点点头，"故事的结局是什么？维特得到绿蒂了吗？"

卡尔摇了摇头，回想起自己第一次读这部小说时所受到的触动。这种伤痛曾经长久地伴随在他左右。"可惜没有。当他吻她时，她逃进了隔壁房间。为了保护绿蒂的名誉，维特决定自杀。就在平安夜前的午夜，他朝自己的头开了一枪，转天就因为伤势过重而死了。"

赫拉克勒斯拍了拍手。"哇，好牛的结局！那是把什么枪呢？"

"他用来自杀……"

"对对。"

"呃，这我可答不上来。我只知道那是把手枪，是他向阿尔伯特借的。"

"简直神啦！"

"还有更离谱的，因为维特是自杀的，所以无法为他安排基督教葬礼。这堪称极刑。"

"太恐怖了！"

"您一定会喜欢这本书的。"

赫拉克勒斯活动了一下咔咔作响的颈椎。"当然。我超喜欢读书，而且这本书很重要，是必读的——你是这么说的。下一次带本诺贝尔奖得主的书来吧，柯霍夫先生。"

卡尔看了一眼手表——尽管已经停走二十多年了，但它戴起来很舒服。"抱歉，我得继续赶路了，其他人还在急着等他们的书。"

"是啊，没错。谢谢你总是在我这儿花这么多时间。"

"我很乐意这样做，这么说是发自内心的。很高兴看到有人对文学经典这样热衷。"

夏夏发现赫拉克勒斯的笑容里带着一丝窘迫。话说回来，她很少在肌肉如此发达的脸上见到这种笑容。也许他们本来就是这样笑的。

在门外，她又在纪念册上做了一些笔记，然后她张开嘴，想对卡尔说点什么。让她始料未及的是，话头竟然头一次被卡尔抢去了。"你不用跟我说这里有点奇怪，"他环顾四周，寻找起一直很喜欢来这里跟自己碰面的狗狗，却什么也没瞧见，"我知道。只是具体说不上来怪在哪里。"

"他只有红色的书。"夏夏回答。

"你是怎么知道的？"卡尔继续按着平常的节奏往前走。

"我说我要上洗手间，然后溜进了他的客厅。其实我根本没去洗手间!"她得意地扬起了小下巴。

"真够狡猾的。"

"我在那儿看到了架子上的书，全都是红色的……侧面那个地方叫什么来着？不是翻开书的那一面……"

"书脊。"

"都是红的!"

"不太寻常，虽然我也认识一位讨厌特定颜色的顾客。"

"整个客厅都只有三种颜色：黑、白、红。只有电影，就是盒子上的电影脊 ①，有很多种颜色。CD 也是一样。下次我得再仔细看看。"

"现在你给我讲讲你的纪念册是怎么回事。"

"这里面有所有关于你的顾客的事，"她有点费劲地翻开它，"我从上二年级起就用它了，不过还有好多页没用到。"许多人什么也没写，就把纪念册还给了她。或许更糟的是，她还撕掉了一些写上去的内容。"这上边是贴相片的地方，"她解释道，"但我不能问你的顾客

---

① 夏夏的自造词。

要。所以我带了一支彩笔，把他们画下来。只是我画得还不太好。"

卡尔瞥了一眼纪念册。"最爱的颜色？最爱的乐队？最喜欢的老师？"

"我跟别人不一样，"夏夏解释道，"我会把重要的书和它们的样子记下来，还有人们住的地方、那里的气味之类的。"

"你要怎么查清楚这一切呢？你打算盘问他们吗？"

"'盘问'是什么意思？"

卡尔思索了一会儿。"就是你拿问题去轰炸别人。"

"但是如果有人问你问题，就说明他对你感兴趣，这不是很好吗？我提问时也是好心的。"她把纪念册放回了她的小背包里。

"但你也必须允许对方提问题。只有这样才算是一场对话。"

夏夏不明白卡尔的意思。提问题的人得到回答，这不是一场对话吗？

突然间，狗狗用竖起的尾巴扫着两人的腿，从他们中间穿了过去，又绕到一边。这副姿态似乎在昔日的豪华舞厅里时兴过好一阵子。

夏夏还是第一次观察到卡尔喂猫的样子。他从包过黄油面包的纸里拿出一根肉肠——肠衣已经被剥掉了。

"你很聪明,但给它香肠是真够傻的。"

卡尔吃惊地看着她。"为什么?你看它多高兴啊。"

"如果你给它香肠,你就没法知道它是冲着你还是香肠来的了。"

"也许两种原因都有。"

"你还是不知道。我要是你就会很心烦。我可不想看到宠物来找我只是为了让我喂它。"

"狗狗不是宠物。说到底,它是流浪动物,有一个自由的灵魂。它来是因为它想来。我一点也不想知道原因。也许有些事情还是成为秘密的好。"

夏夏摇摇头。"我想知道。"

"但是狗狗喜欢秘密。让它留着它吧。"

夏夏弯下腰去抚摸狗狗。这只猫咪仰起了小脑袋。夏夏很高兴,这种好感和香肠一点关系也没有,而是完全取决于她的抚摸技术。

长袜子夫人心情舒畅地问候了他们。"大开屎戒的街头帮派,"说罢她捂住自己的嘴,以免笑出声来,"您肯定什么也想不出来，柯霍夫先生，或者只能说出最露骨的意思。"她今天穿的鞋子是成对的，但袜子不是。

卡尔挠了挠太阳穴，察觉到长袜子夫人、夏夏甚至狗狗都投来质疑的目光。他在少年时代啃过《迈耶百科词典》，从字母索引"A"的"亚琛"一直苦记到"Z"的"细胞生长抑制剂"。在他的成长过程中，正是这本杰作引导着头脑中神经通路的形成，让他活成了一部百科词典。

"大开屎戒的街头帮派指的是一种极富戏剧性的犯罪形式，仅见于墨西哥。该国的特色食物往往口味辛辣，导致消化问题增加，如果无法排便，怒气就会上升。在墨西哥，被这种问题困扰的人们习惯于跑上街头，一起把怒气发泄在菜店老板身上——尤其是卖豆子的。集体进行身体锻炼通常会改善消化道运作，达成预期效果。由此，大开屎戒的街头帮派已然成了墨西哥文化不可分割的一部分，被视若民俗，为许多歌谣所传唱，见载于许多书中。"

长袜子夫人极其庄重地欠了欠身。"您为露骨的概念赋予了一种颇具异国情调的阐释手法。"

"长袜……"夏夏还算适时地把话咽了下去。

"我叫多萝茜·希勒斯海姆，但叫我茜就行，大家都这么叫。"

夏夏翻开她的纪念册，拿着她附有橡皮的 HB 铅笔准备写字。"您为什么要关心拼错的词？"

"你的意思是……"

"大部分人甚至不会注意到它们，我就不会。为什么您会呢？"

"你很聪明，你知道吗？"

夏夏的脸上闪过一丝骄傲的笑容。"我当然知道啦，但有时候知道自己聪明是很傻气的。"

"在其他人注意到这一点时？"

"您在转移话题，对吧？"

"你比我想的还要聪明。"长袜子夫人弓着腰对夏夏耳语道。但她说话的声音太大了，以至于每个字都被卡尔听得清清楚楚。

"我当了一辈子的小学老师，虽然早就不在学校工作了，但我还是个老师，因为它已经叫人放不下了。"她又直起腰来。

"就是说，这个职业长在你身上了？"

"这话听起来有点让人不舒服，"长袜子夫人沉着脸说，"它更像一枚再也拔不下来的贵重戒指。有时候，你能感受到它的存在，但大多数时候根本注意不到它。所有人都是如此。"

夏夏不自觉地看向这个老妇人布满皱纹的手指，上面戴着一大堆戒指。她一定教过很多科目吧。

在卡尔交付被订购的书时，夏夏做了笔记。当他们准备继续赶路时，她才重新打开话匣子，声音压得低低的，唯恐被长袜子夫人隔着关上的门听见。

"我刚才撒了谎，我一点也不聪明。"

"哪里的话，你确实很聪明。每个人都会犯错，并不会因此而变得不够聪明。其实犯错会让人变得更聪明。"

"可是我犯的错误太多了。也许这就是我留级的原因。"

"那你必须学习。"

"我知道。但我总觉得，很多东西就是装不进我的脑子里。"她用拳头敲打着自己的脑门，直到卡尔轻轻地抱住了她。

"其实有一个非常简单的窍门。"

"你能告诉我吗?"

"你必须读更多的书，这会让大脑变得更灵活，然后就能装进更多东西了。"

夏夏思索着卡尔的话。然而，无论她从什么角度来想，这些话都没有道理。卡尔和他的顾客说的许多话都没有道理。这正是夏夏喜欢的。电视上为她这个年龄的孩子播放的东西都充斥着道理，让她觉得无聊透顶，似乎世界上根本没有值得长大以后再去揭开的秘密。

又转过一个街角，显得格外宏伟的大教堂就映入了眼帘。从这里可以望见那面巨大的、绘有十二使徒形象的彩色玫瑰窗，以及高耸的半座尖塔。

卡尔画起了十字。他是侧过身去画的，以免被夏夏看到。

"你为啥这样做？"她还是看到了。

卡尔叹了口气。"当大教堂的正门出现在我眼前时，我就会画十字。"

"因为上帝？"

"不，不是因为信仰。我把信仰让给那些比我更了解它的人。我是在向世界上最有影响力的那本书致敬。它导致了战争，也导致了宽恕；引发了巨大的不公，也唤起了深刻的爱。如果人们相信词语的力量——我信，那么唯一能做的就是向这部作品脱帽致意，很深很深的敬意。我正在做的就是这件事。只是借用一下信仰的形式，"他拍了拍头上的帽子，"它不能被摘下来，为了安全起见。"

"你可真奇怪。"

"谁更奇怪？是奇怪的大人，还是陪着怪人的小姑娘？"

"当然是奇怪的大人。"

卡尔笑了。他知道自己很奇怪，却感觉不到，因为如果一个人保持奇怪的时间足够长，奇怪就会变成一种常态。即便只有他自己这么认为，那也足够了。

突然间，卡尔意识到了什么。他的脚步变慢了，他穿过老城的惯常步调慢了下来，为的是让夏夏的小短腿跟上自己。

"咱们现在去谁家？"夏夏拉紧了背包的肩带。

"去艾菲家，就是克雷门夫人。"

夏夏指着一条几乎没有日照的昏暗小巷说："这是一条超棒的近路。"这条路是中世纪遗留下来的，路面从未用鹅卵石或混凝土铺设过，只有经历过数百年踩踏的黏土。

"有时候远路比近路好走。"

"为啥?"

"你会知道的。"卡尔说。想不出好答案时,大人就会这么应付孩子。卡尔不喜欢这种感觉,所以他决定还是道出实情。"这条巷子会把我这个老家伙吓得晕头转向。我不知道为啥,但我一看见它就害怕,像匹停在沟前的马一样。"

夏夏停下脚步,又搬出她的大纪念册,提笔在上面写了点什么。笔身闪闪发光,末端还系着彩带—— 这是她记录卡尔事迹的专用笔。

"你是不是写上了我像匹马?"

"不是。"

"这还差不多。"

"我写的是,你是个胆小鬼。"

卡尔微微一笑。自打走出学生时代起,他还没有被这么称呼过。顷刻间,他仿佛又站在了校体育馆的单杠前,不敢跳起来抓上去。他曾经认为,孩子只会印证一个人已经衰老到了何等地步。但或许他们也能证明一个人可以保持得多么年轻。

夏夏在卡尔的周围跳来跳去,把一旁的狗狗吓得呜鸣叫。"对了，我现在知道 ① 艾菲·布里斯特是谁了。"

"她是活人。"卡尔说。

"不对，她是生活在很久以前的人物，在书里已经死啦。"

"小说里的人物永远活着，只要被读到，就是活着的。"

"那我也想活在书里。"

"你得自己写一本。"

"好啊，"夏夏飞奔起来，"哦呵，我要当作家啦。"

卡尔走到艾菲家门口时才再次碰上夏夏，她正坐在门口台阶上呼哧呼哧地喘气。"你走得好慢啊。"

"因为我喜欢慢慢享受这段路。你按过铃了吗？"

"没呢。我一直在等你，"夏夏站起身来，按下了门铃按钮，"我准备了一个惊喜。"她又对卡尔小声说。他这才意识到，她风风火火的样子是出于对这个惊喜的期待。

这让他非常不安。

但就在他追问之前，艾菲打开了大门。"您好，柯

---

① 夏夏用的是讲故事时常用的动词过去式。

霍夫先生。你好，夏夏。我刚才在地下室晾衣服呢，听到门铃声真是太好了。"

"您的书是今天最重的一本。"卡尔说。他没有抱怨的意思，只是希望吊一吊艾菲的胃口。夏夏似乎不打算承担交付的工作，所以卡尔耸了耸肩，自己动手。夏夏全神贯注在即将发生的事情上。她提前把那一幕画了下来，和她用来制作"惊喜"时使用的色彩一样明亮。她踮起脚尖，因为现在跳起来还不是时候。

"真够厚的。"艾菲在接过包裹时鼓起了嘴巴。

卡尔笑了。"应该为每本新书留出安静阅读它的时间。"

"如果您下次能用一个提袋装书，我会感激不尽。"艾菲迫不及待地拆开包裹，里面是《暗影玫瑰的流浪岁月》。夏夏觉得它看起来比同系列的上一本书还要悲伤。出版商似乎想把哀愁塞满字里行间，让眼泪化成纸张。

夏夏的心怦怦直跳，她走上前去。"我给您带了样东西，不是提袋，而是这个。"

她卸下背包，从里面拿出一卷纸，上面系着一条红色和金色相间的蝴蝶结礼带。"这是给您的，克雷门夫人。"

"这是什么呀？"

"打开吧，我不能说！"

卡尔深深地吸了一口气。这个小姑娘真是让人捉摸不透。她看起来是那么乖巧，但她转起小脑瓜来可是一点也不乖巧。

"一幅画，"艾菲打开了纸卷，"一枝暗影玫瑰……"她的声音颤抖起来。

"它长在您的家里，克雷门夫人。我不知道自己画得清不清楚，我的艺术课只得了'及格'。当然达米安女士也是个特别苛刻的人，就是说，太不公正啦！"

艾菲侧过身去，因为她不想让面前的两个人看到她在流泪。过去几年，她习惯于隐藏自己的真实情感，这已经成了她的第二天性。她连忙拭去脸上的泪水。"你们进来吧，咱们给这幅画找个好地方。"

这是座最符合人们对幸福想象的房子，到处都是盛开着鲜花的盆栽，以及花蕾图案的挂画，可谓满室芳菲。显然，房子是为两个人建造的，但同样明显的是，这里只有一个人的生活痕迹。客厅茶几上的书只有一本，水槽里的咖啡杯只有一只，衣帽架上的外套只有一件。虽然可以摆放夏夏那幅画的漂亮地方有很多，但艾菲还是把它挂在了厨房门的内侧，只有关起门来才能看到。

艾菲三番五次地道谢，并送给夏夏一板白巧克力。卡尔也得到一板，尽管他根本不喜欢这种东西。

两个人回到室外后，夏夏又在她的纪念册里做了很多笔记。

卡尔向她弯下腰。"你打算把我所有顾客的房子进个遍，是吧？"

"为了我的计划，我一定要这么做。"

在接下来的日子里，她的确一一做到了。

她请长袜子夫人批改她的德语作文（她故意在里面犯了许多精彩的笔误）；告诉朗读者自己的眼镜坏了，他一定要亲自给她读读《小纽扣杰姆和火车司机卢卡斯》的最后一章（她选择这章是因为它多次描写到烟雾，而朗读者就是专门为卷烟工人读书的）；向阿玛丽莉丝修女请求告解（然后讲述了一件骇人听闻的罪过——她偷吃了一袋太妃糖，把修女逗得哈哈大笑）。她在浮士德博士家碰了两次壁，因为他把她带来的每件藏品都贬为"无趣的新潮玩意儿"。在这些东西之中，她爸爸那块失灵的手表确实非常老旧，英格丽德奶奶那口花纹图案的煮锅亦然，那袋烤面包干就更是了——表面的橘色都被阳光漂白啦。当她给他看最后这些东西——几枚无聊的罗马古钱币时，他终于招呼她进屋了，向她展示了一些真正的老物件。

这样一来，夏夏就完成了她伟大计划的第一部分。

这把装有木板条的老旧铸铁长椅和重要的谈话似乎很是相配。的确，很多人都坐在上面交谈过，名副其实地交谈——倾听彼此，尝试换位思考。它位于中央公墓开辟较早的区域里，其中有不少壮观的古墓，一些形似小教堂，一些像古希腊神庙，还有一些如同为了禁锢黑暗而设的铁栅监牢。作古多年的人躺在下面，周围的高大橡树、丛生的黑莓树，还有以风为媒的野花，似乎都在诉说他们的长眠是何等安详。

夏夏为她要发起的交谈挑选了这把长椅。现在，她把卡尔引到了这里。

"咱们得谈谈。"她坐下来，口气听上去非常严肃。她翻开了她的纪念册，里面的纸张似乎变得又重又厚。"全在这儿了。"

卡尔双手交叠在雨伞的木柄上。"你写了些什么？在我的顾客家里。"

夏夏意味深长地缓缓点头。"我产生了一些明智的想法。"

"这种想法是最棒的。"

夏夏深吸了一口气，因为她要斩钉截铁地宣布这句话："你得给你的顾客带别的书。"

卡尔皱起了眉头。在越来越宽敞的脑门上，他可以皱出比以往任何时候都更明显的纹路。"可我带给他们的就是他们订购的书。"

"他们全都订购错了。"

"最清楚自己想要什么的不应该是他们自己吗？"

"哈哈！"夏夏大笑起来，又是一声："哈哈！"这听起来有点像印第安人攻击车营时的叫喊。"我想成天吃冰淇淋，但这对我有好处吗？没有！"

"可书不是冰淇淋，它们不会伤胃。"

"你没懂我的意思。"夏夏本想跺脚，奈何她的脚还挨不到地面。

"我给人们送去的书让他们胃疼了？"卡尔问。

"书比冰淇淋危险得多了，它们伤的是脑子，或者更糟的是，伤心。"夏夏不知道怎样才能让卡尔更好地理解自己的意思。他怎么可能不懂呢？以他这个年纪来说，他还是挺聪明的。夏夏拍打着自己的纪念册。"都记在里面了。你的顾客们虽然订了书，但其实根本不在乎这些书。"

"是吗？"

"你得仔仔细细地瞧，送书人！他们在你上门时会微笑，但在拆书时就不会了。因为你对他们来说比书重要得多。也许他们打心眼里就知道订的这些书是错的。难道你认为，艾菲需要让人悲伤的书吗？她的生活已经够悲伤的了。"

"生活是她的生活，书是她的书。"

"就没有一本书能让所有人开心起来吗？就像《圣经》一样吸引人？"

卡尔在地面上比画着伞尖，像在给台球杆的皮头涂粉。"《圣经》是够吸引人的。"

"拜托，你明白我的意思，一本人人都爱的书。"

卡尔的头似乎在微微发热，他把帽檐推高了一点。"没有这种书。多年前我还不这么认为，所以会在圣诞节给我在意的所有人送同一本精彩绝伦的书。里面的每一行字都让我开心，我想分享这种幸福。可是许多人并没有读那本书，要不就是没读完，要不就是不喜欢，"卡尔伤感地看着夏夏，她的美好梦想——一个红黄蓝相间的、带着圆点的肥皂泡——被他戳破了，这让他深感歉疚，"你知道吗？没有哪本书能讨所有人的喜欢。要是有的话，这会是一本坏书。你不可能成为每一个人的朋友，因为每个人都是不同的。你要变得没有个性，没有棱角。但即便如此，还是会有许多人不喜欢你，因为他们需要棱角。你能理解吗？每个人需要的书都不一样。一个人由衷热爱的东西在另一个人眼里就是可有可无的。"

夏夏满意地笑了。"咱们的意见还是一致的嘛。咱们给每个人送去他需要的书。"她指着纪念册中的一页。贴相片的框里画着一个流泪的女人，想必是艾菲。"比如说，她就应该得到一些快乐的书。她肯定愿意从头读到尾。"

"你怎么知道她没有读完悲伤的书？"

"她拆开包裹后总是快速翻书，但从没翻到最后过。她就像自动这么做似的。我留意得很仔细。然后我走到她的书架前，打开那些书。也许你不知道，它们会自动打开到你上次读到的地方。这个办法太灵啦。"

"哦哦，多亏你告诉我。"

"总是在结尾之前打开，还剩五十页或更靠前的地方。有些书页仍然贴在一起，在我打开时还会吱吱地响呢，"她翻过这一页，食指牢牢地戳在下一页上，"长袜子夫人呢，总是怕这怕那的，所以她应该得到让人勇敢的书。然后是……"

"不。"卡尔说。

"不什么？"

"不就是不。"卡尔站起身来。

"为什么啊？"

"我不想摆布任何人。购书的人是自由的，这就是购书的美妙之处。生活中有太多不由人的事了，但我们至少还能决定自己要读什么。"

夏夏也站了起来。小家伙被气得火冒三丈。"我仔细想过了。从现在开始，你要给他们送合适的书。"

卡尔摇了摇头。"不，绝对不行。"

第四章　热望

　　远方的海面上酝酿着一场雷雨，短短几天内就会劈头盖脸地袭来。卡尔的心情也是如此。他对即将发生的事情毫无头绪。原因在于，尽管掌握的外语包括英语、法语、拉丁语，甚至一点古希腊语，但对于更为复杂的青少年语言，他简直一窍不通。卡尔不知道"好吧"的多重含义。当夏夏说到这两个字时，卡尔的理解是"没问题，不是非要带给每个人一本他应该读的书"，但她的意思是"你爱怎么想就怎么想，我想我的，做我本来就想做的"。"好吧"可是大有名堂。

　　卡尔没有忽略的细节是，第二天，夏夏的背包鼓囊了许多。肩带紧紧地勒着她的黄色冬季夹克，背着重物的她站得比平时更直了。

　　"你不想先把学习用品带回家吗？我不介意多等一会儿。"卡尔说。

"不用，没事。"

"或者我应该帮你减减负？"

"不用，"夏夏想到一个让卡尔停止追问的好理由，"你太老了，应该是我帮你减负才对。"

接下来，夏夏想知道的是，今天要给谁送书，顺序是什么。她以前从未提过这种问题，但卡尔没觉出有什么古怪。

今天的第一位顾客是达西先生，这次他将他们领进了自己的花园——因为下雨了。达西对各种各样的花粉过敏，所以只能在下雨天里到室外走走。全市最渴望淋雨的人非他莫属，他眼中的每颗雨滴里都流转着自由。

深吸着纯净的空气，达西向二人展示了自己仿制的卡尔·冯·林奈的花钟——根据开放的花朵读出时间的园艺布局。例如，冰叶日中花的开放时间是中午十二点至下午五点，夜花蝇子草是晚上七点至八点，草地婆罗门参是凌晨三点至中午十二点。也有些植物的开花时间非常精确，比如，龙胆是上午九点，蜘蛛百合是早上六点。达西需要在一年中屡次更换花坛中的植物，因为其中一些的花期只有短短几周。

花钟的旁边摆着一把十分精致的藤椅，看上去不像手工编织的，倒更像从花园肥沃的泥土中生长起来的，而且形状确保着最高的舒适度。

"您有一个多漂亮的阅读空间啊。"

"我不在这里阅读。从来没有人坐到上面过。"

卡尔走近藤椅，用指尖摸了摸那张平滑光亮的坐垫。"所以这是件摆设吗？"

"不，这是一种愿望，或许是一个梦想。对我来说，没有什么比这更美好了——请别见笑，没有什么比一位正在阅读的女性更美丽了。当她完全沉浸在书本里，忘记周遭的一切时，她已经神游物外了。在扣人心弦的场景面前，她瞳孔颤动，屏息凝神，或是在逗趣的地方微微一笑。我很希望有位女士作陪，整天看着她读书就好，"他露出一个自嘲的表情，"这就像同读一本陌生语言的书。上大学时，有位女同学经常在我附近读书。很可惜，她对我毫无兴趣。"

卡尔很想听听关于这个女同学以及花钟的更多事情，但他还有书要送。夏夏一言不发，只是焦急地跺着脚尖。她想继续上路，从按门铃的那一刻就想。

夏夏的漫不经心让达西有点扫兴，所以他把二人送回了门口，而不是按计划请他们一同观赏下一拨花朵的开放。

走了一阵子，夏夏还是什么也没说。其实，话全被她憋在了嘴巴里，她等着离别墅足够远再开口。

"我忘了样东西，得回去一下。你继续走吧。我会追上你的。"

夏夏扭头就跑。

卡尔继续向前走了。

夏夏按下达西先生家的门铃。他惊讶地打开了门。"有什么事吗？"

"卡尔忘记把这本书送给您了。今天是他的生日。"

"难道不该是我送他礼物吗？"

"这是一个逢十的生日。在他的老家，过生日的人要给别人送礼物。"

"他是哪里人？"

"巴拿马，"夏夏说，因为她在书里读到过这个国家，那里的人们成天散步，"我得走啦。"

夏夏一边气喘吁吁地往回跑，一边想，她的计划也太妙啦。同样很棒的是，背包的重量总算减轻了一点。

当他们来到艾菲家门口时，她正坐在一扇窗户后，把脸深深地埋在书页之间。卡尔还是头一次见她坐在那里。他不禁想起了达西的愿望，但那些描述在艾菲身上并不适用——她阅读的样子毫无美感。厚重的书像盾牌一样被她挡在脸前。当然，书可以被扯掉，但阅读者接受的是某种特殊的、仿佛由一项神圣行为予以的无形保护。

艾菲身后的空间分外昏暗，一道人影从中浮现，向她逼近。这个男人比她年长，白发剪得很短，棱角分明的面相充满沧桑感，身材也十分健壮。他看上去像个士兵。自己为安德莉亚·克雷门选择的绰号似乎十分贴切，想到这里，卡尔打了个寒噤。

"快按门铃。"他告诉夏夏，她立刻跑过去按下了金色门牌边的按钮。

卡尔跟上前，紧张地盯着窗户。他希望艾菲站起来。他背包里那本带给她的书或许可以提供火力掩护，帮她逃到门口。

但她的头在书页间埋得更深了。

门被猛地打开。一双钢蓝色的眼睛俯视着他，目光里满是对打扰者的指责。

"下午好，城门口书店，我有一个给克雷门夫人的包裹。"

"我在哪里签字？"

"我还得跟克雷门夫人说几句话。"

"她不在。"

卡尔一时无言以对。夏夏开口了："但她就坐在窗边。我看得很清楚。在那儿。"她指过去，非要证明她的发现不可。

"她不在那里。您明天再来吧。"男人砰的一声甩上了门。

艾菲抬起头来。卡尔这才看到她又红又肿的左脸颊。

"再按铃。"夏夏要求道。

"不，"卡尔回答，"这会让她的处境变得更糟。"

"或者更好。"夏夏按下了门铃。

屋里响起一阵咆哮声。然后艾菲站了起来。她先是把门打开一道缝隙，又开出一本书的宽度，只露出完好的那半张脸。

"对不起，我生病了，我……"

"那个人打你了吗？"夏夏问，"要不要我们报警？"

"不要！"艾菲赶忙说，"我得去找他了。"

"这是您的书，"卡尔说，"我们会再来的。希望您平安无事。如果您想找人谈谈，这是我的电话。"他在书签上飞快地写下号码，然后把书递进了门缝。

艾菲关上门，又把自己封闭了起来。

她又要独自面对丈夫马蒂亚斯了，这个她多年前深深爱上的人。故事要从她做急诊室护士时说起。马蒂亚斯带着伤口和轻微骨折来到医院，肢体语言表明他变成了惊弓之鸟，他的眼神躲躲闪闪，警觉万分。所有人都看得出来，这个身着深蓝色西装的男人有些不对劲，包括艾菲，但她想知道发生了什么。在三号诊疗室里，马蒂亚斯告诉她，有三个家伙取笑他在公园的长椅上读书，还揍了他，而他连还手的余地都没有。艾菲的爱情种子就这样生根发芽了。她倾心于马蒂亚斯，因为她认为，一个读书的男人必定有一颗敏感的心。就算他身上还有什么缺点，也都足以被阅读改变，甚至救赎。至于他当时读的是什么书，她竟从未问起过。事实上，封面上印着这么几个危言耸听的大字——《怎样打赢每场架》。三个路人看到书名后心生一股邪火，便对马蒂亚斯说了些贬低的话。他跳起来，挥拳砸向他们。虽然很快就败下阵来，他却乐在其中。后来，他迷上了本市足球队的周末主场比赛——为的不是看球，而是赛后的斗殴。每一次重劈和猛捶都让他神采飞扬、意气风发。打人成了一种嗜好。不知从什么时候开始，他对家人也拳脚相向起来。他依然爱着艾菲，但他更爱打她。艾菲没有放弃希望，以为那个坐在公园长椅上捧书而读的敏感男人迟早会良心发现。她还以为，她越是爱他、关心他、把家里打理得越是漂亮，这一天就越有可能到来。马蒂亚斯总是在鸡蛋里挑骨头，然后理直气壮地动手。他说他真的不喜欢打人，但她活该，除了挨罚别无他法。可悲的是，马蒂亚斯从来就没有变过。

给艾菲送去一本新书能帮上多少忙？卡尔察觉不出一丝安慰。

"这还不够，"夏夏说，"咱们得为她做更多事。"

"你说得对。咱们应该好好想想，什么样的书可以帮到她。"

夏夏也没有主意，所以默不作声。转过下一个街角后，她发现自己又忘记了某样东西。卡尔十分好奇，孩子也会和老人一样健忘吗？儿时的情形早已模糊了。

当夏夏又一次把东西忘在了长袜子夫人（今天的题目是"他给了她一个含情脉脉的眼神"）家时，卡尔悄悄地跟在她身后。这时狗狗冒了出来，并从卡尔随身携带的旧药盒里得到了一块小饼干。他们一起看着夏夏把一本包着彩色礼品纸的书交给了老妇人。拆开包装后，长袜子夫人亲热地拥抱了夏夏，然后回房片刻，拿出一板巧克力递给了她。

卡尔很想看看书名，但他不愿撞破夏夏的计划，叫她尴尬。夏夏肯定还会"粗心大意"地把东西忘在最后一位顾客家里。

她蹦到卡尔身边，卸下背包，冲着他挥来挥去，仿佛在请他跳舞。狗狗在一边不耐烦地看着，尾巴翘得直直的。卡尔又从药盒里掏出了一点吃的来安抚它。毕竟，它现在和他一样满腹狐疑。

朗读者对塞万提斯《堂吉诃德》的新译本非常满意。

"你读过很多书。"夏夏说。

"每天在工厂里读八个小时，然后回家继续，因为我得选一些新书读给我们的卷烟工人听。"

"你对书了解得一定很多吧？"

"这个嘛，不管读过多少书，没读过的书总归更多。这是一种缺憾。因为爱读书的人都想读遍天下好书。"

"你为什么不自己写一本呢？你知道什么书才是好书。"

朗读者哑口无言，仿佛被闪电击中了一般。

卡尔很好奇，夏夏为什么从来没有问过他这个问题？或许她认为送书的人是不会写书的，就像快递员不用快递一样。

朗读者看向卡尔。"您有位相当了不起的同伴。"

"这我早就发现了。"卡尔回答。实际上，他一直这么认为。

"我确实写过一本书，而且写了十年。"

狗狗绕着朗读者的腿蹭来蹭去，卡尔觉得它是想让他平静下来，因为他看上去很紧张。

"关于什么的书？"夏夏问，"你自己吗？"

朗读者笑了。"不，是关于一个想学习探戈的聋哑男人的故事。所有的舞蹈学校都将他拒之门外，所以他只能在报纸上刊登拜师启事。一个女人联系了他，表示愿意教他。她把点唱机放在地板上，这样他就能通过鞋底感受到震动了。他们相爱了。然而后来，男人发现他的老师也是聋哑人。他觉得自己被骗了，被她深深地蒙蔽了，因为她也听不见那些音乐。于是，他离开了她。"

"好傻的故事，"夏夏评论道，"这个结尾也太讨厌了。他们应该接吻的。"

"他们接吻了，只是在结尾没有。"

"但这才是关键呐。必须在结尾接吻。之前的都不算数。"

"你知道吗？"朗读者说，"生活就是这样的，人们不知道在什么时候就接吻了，或者不再接吻了。一本结局美满和一本结局不美满的小说之间的区别仅仅在于，故事停在了哪个节点上。"

"你没懂我的意思。没有人喜欢悲伤的故事，"说罢，夏夏就意识到这话是不对的，她想到了艾菲，"没有正常的、幸福的人会喜欢。所以，买你的书的人多吗？"

"不多，甚至没人读过它。因为我从来没有把它给过任何人。"

"也从没朗读过吗？在你上班时？对着雪茄女郎们？"

"我开不了口。"

"为啥？"

"因为它或许糟糕透顶。"

"把它交给送书人吧，他懂书，"她指着卡尔说道，"这本书好不好，他会告诉你的。虽然结尾很讨厌，这你已经知道啦。"

夏夏突然产生这样一种感觉：朗读者浑身上下都动弹不得，像冻住了一样。不过她猜测，许多事情正在他的脑子里打转。

"我不能要求他这么做。"他低声对夏夏说，尽管他知道卡尔已经听见了。

"不不，他很乐意。他人很好，而且本来就喜欢读书，现在他也可以读读你的书。"

"柯霍夫先生，害您这样尴尬真的让我很难受。我完全不想麻烦您，您一定经常收到这种请求。"

卡尔几乎从未收到过这种请求，所以他其实很高兴。但如果文字糟糕，那怎样才能在不伤害顾客的前提下告诉对方呢？

"你愿意的，对吧？"夏夏问。

看着她含笑的淡蓝色眼睛，卡尔犹豫了一下。他不想叫她失望。"当然，我很乐意。"

"我马上拿来，"朗读者说完便退进屋里，然后拿着装有手稿的鞋盒回来了，"还请您有话直说，不必客气。

只有这样才能让我有所长进。"他的喉咙动了动。他在咽什么，夏夏说不上来，但想必是个很大的东西。"您慢慢来，在闲暇时读就好。"

"这是一件乐事，是我的荣幸。"

"这一点还有待观察。"朗读者露出一个苦笑。他渴望着、也惧怕着此刻。他的小说问世了，尽管只是迈出一小步，到了一个人的手里，但这些文字总算达成了被写下来的目的——它们将被阅读。

他还是有一种不祥的预感。

现在，朗读者已经想不出更多要说的话了。"那么……"

"拜拜，"夏夏说，"我们要继续工作啦。"

"啊，当然，我不想耽误你们的时间。回头见。我已经电话预订了下一本书。"

他们道了别。然后，夏夏又一次"忘"了东西。

"我陪你回去，"卡尔说，"你不在我会觉得很无聊。"

"我马上就回来，你还来不及无聊呢。"

"反正我和你一起去，多走几步有益健康。"他飘飘然于夏夏咬牙切齿的样子，同时又感到有些惭愧。

她神色浮夸地拍了一下额头。"哎，我什么也没落下呀。我这个笨蛋!"

"你确定?"

"当然。"

"也许你还想给他一本书?"

夏夏气得跺起了脚。"哈，原来你早就知道了。"

"是从艾菲家开始的。"

"你跟踪我。"

"你在跟我抢生意。"

"没这回事。我不是在卖书，而是送给他们。"

"那些是你觉得他们该读的书吗?"

"没错，让他们感到幸福的书。你不想这么做，所以我只能花自己攒的钱。"

"那是些什么书呢?"

"达西先生只读让他思考的东西，我觉得他也应该做点什么，就是说，动一动手，所以我送给他一本关于木材业的书，因为他的花园里有木头嘛。"

"贴切的选择。长袜子夫人呢?"

"她喜欢找错误，错误越多，她就越开心。"

"我想知道她的书是……"

"她得到这么一本书：总是有两张一样的图挨在一起，但其中一张里面藏着十个错误。这种书叫……"

"《找不同》，"那些错误可不是容易困倦的德语老教师一眼就能发现的，"她有的忙了。艾菲呢？"

"好笑的书。《菲普斯·阿斯穆森笑话集锦》。"

卡尔相信，艾菲读不了几行就会把它放下。不过，即使没有被阅读，作为礼物的书依然是情意满满的表示，也是对受赠者智力和品位的恭维。许多作家都发迹于被送来送去却没什么人读过的作品。它们是精美的室内装饰品，适合摆在书架上，和镶在金框里的达利高跷大象复制画很是相称。

"但我把笑话书扔进了艾菲家的信箱。我不想再按铃了。"

卡尔望着朗读者的家。"你打算给他什么呢？"

"这太难啦。我真的不知道什么才能让他幸福，因为我不知道什么让他不幸福。"

"但你还是给他准备了一本书？"

夏夏点了点头，然后从背包里拿出包装好的作品。"是一个叫阿尔弗雷德什么的人写的，一本关于新鲜词的书。"

“阿尔弗雷德·赫贝特的《新鲜词：1945年以来德语中出现的新词》。这个选择妙极了。”

“我想，在里面读到从来没听说过的词一定会叫他开心的。比如……蜜蜂斗士！”

“这个词压根就不存在。”

“所以念出来才特别有意思。”

“‘长笛吹奏手艺’①怎么样？”

她狡黠地盯着他。“你明明很有趣！”

“只是偶尔。”卡尔回答。

“你尽管承认好啦，这又不是坏事。”

“我敢肯定，你一个人是想不到这本书的。是谁把它推荐给你的？”

“摩西古书店的那个老人。他比你还老呢，他的皮肤上全是皱纹，就像我的床罩卷成一团的样子。”

汉斯是一个了不起的、热心肠的人，在卡尔眼里，他就像只从书堆中慢慢伸出脑袋的乌龟一样。然而汉斯并不怎么读书，他是从母亲手中接过这门生意的。他的叛逆之处在于，他既不读歌德、席勒、冯塔纳、迪伦马

①　两个人所说的德语单词都比较长。

特，也不读托尔斯泰，而是读《拉斯特：他所在时代最铁血的男人》①。他了解重要作家的名字和作品，对体裁也一清二楚，只是没有读过其中任何一本。他那在今年年初过世的妻子倒是喜爱阅读。现在，这家古书店已经没有"住家读者"了。

"我告诉他，我的钱只够买便宜的书，就是那种几十分一本的书。这根本不成问题。"

"你还给每个人都找了一本书。"

"没错。嗯，是那个老人找到它们的。他可真利索。他的柜台旁边有一只箱子，里面就是那些合适的书。"

那只箱子里放的是所有汉斯不再出售、只送给有缘顾客的图书，为的是给书店腾出空间。汉斯当然没有在里面找到合适的书，顶多是书名合适罢了。

"把朗读者的书带给他吧，他会高兴的。"

"那你干啥？"

"我待在这儿考虑考虑。"

"想什么？"夏夏已经发现了，当大人陷入思考又不说在思考什么时，绝非好事。

---

① 美国西部冒险题材的连载通俗小说。

"如果抑制不住一个固执小姑娘的想法，就应该考虑让它尽可能好地发挥作用。"

"这个嘛，"夏夏说，"欢迎你慢慢地考虑！"

晚上九点，卡尔的电话响了。作为同辈人中生活清静的典型，这令他始料未及。他吓了一跳，因为他此刻正在阅读卡伦·布里克森的自传体小说，神游于非洲大陆的东岸。卡尔上一次读这本书还是在二十五年前。四分之一个世纪过后，他再次拿起每一本旧书，期待发现一些新鲜的桥段。

卡尔将一张面包房旧收据当作书签夹进书页间，然后小心地把书放在一边。拿起听筒前，他检查了一下自己的衣着，整了整衬衫的领子。

"这里是柯霍夫。晚上好。"

"是卡尔·柯霍夫吗？"

"是的，我在听。"

"这里是'眺望大教堂'养老院。古斯塔夫·格鲁伯希望见您。"

"但今天是星期六，他不喜欢在这一天接受探视。"

"他的情况很不好。您最好抓紧时间。"

卡尔在夜晚的街道上疾步匆匆，气喘吁吁。他暗忖着要不要带些东西给古斯塔夫。在与世长辞之际，一个人终究是要撇下一切的，包括他刚刚得到的东西。尽管如此，卡尔还是在一家加油站里买了一束彩色郁金香。古斯塔夫喜欢这种花，因为他非常喜欢阿姆斯特丹。看到它们会叫他开心的。虽然幸福感也是死不带去的，但人生不如意事十之八九，它在最后时分的重要性或许比以往任何时候都大。

在养老院里，卡尔没有等电梯，而是走了楼梯。他急促地敲门，不等"请进"就打开了门。

门后站着萨宾娜·格鲁伯。

古斯塔夫躺在床上，呼吸虚弱而短促。

"您不能见他。"萨宾娜·格鲁伯按着他的胸膛，把他推了出去。她希望父亲的最后时分是留给自己的。

"谁都不能见他，"她接着说，"他需要安静。"她关上了身后的门。

"古斯塔夫怎么样了？"

"我现在真的没时间跟您谈论这些。"

"我能做什么吗？"

"不用，您帮不了他。"

"我指的也包括您。要不要我给您弄点喝的或吃的来？您看起来好像需要休息一下。"

"柯霍夫先生，没有您在这里我也应付得来。"说罢，她把他撇在了原地。

卡尔不想离开他的前老板。现在离开，无异于当着溺水者的面背过身去。

他坐下，随即又站了起来。坐着也像一种放弃。所以卡尔巡视起院内的走廊来。这些散发着酸性清洁剂气味的走廊大同小异，仿佛连成了一座迷宫，让人插翅难飞。

突然间，一个装有书籍的柜子跃入了他的视线。这些内部藏书大多已被翻得破旧不堪，就算流入跳蚤市场也无人问津，简直像一座图书收容所。卡尔扫视着书脊上的书名与人名。起初，他也不知道自己在寻找什么，但越是找不到，他心中就越是分明。

他找到了埃里希·卡斯特纳的《埃米尔和小侦探》。古斯塔夫年轻时一定读过这本书。

卡尔坐到古斯塔夫房间外的一把椅子上，开始朗读。

这些词句无法穿透墙壁传到古斯塔夫的耳朵里，但他还是大声地读着。他知道，它们没有治愈古斯塔夫的魔力。他也知道，自己不是梅林①，不是德狄②，不是柯克③，只是嗓音沙哑、思念挚友的卡尔·柯霍夫。

他读到了埃米尔·蒂施贝因在火车上被格伦迪斯先生偷走一百四十马克，读到了古斯塔夫与喇叭，读到了"小马帽"和情报机构"假释埃米尔"。他不看手表的指针，不停地读着，这些词句仿佛变成了一根生命线，另一端系的是古斯塔夫。他不能松手。

一名护士突然从他身边跑过，冲进了古斯塔夫的房间，后面跟着更多飘动的白大褂。他联想到了被猛禽追猎的鸟群。

卡尔读得越来越响亮、越来越快。他紧紧地抓着书，恨不得将文字挤出来，以至于把坚硬的书壳都抓变了形。

但不多时，那群白色的鸟儿又退出了房间，动作轻

---

① 亚瑟王传说中的伟大魔法师。

② 迄今最古老的记载魔术师的文献《威斯卡纸莎草卷》中虚构的古埃及魔术师。

③ C. S. 刘易斯小说《纳尼亚传奇》中的人物，其衣橱便是魔法王国纳尼亚的入口。

缓，头颅低垂。

当房间里再没人走出来时，卡尔慢慢地合上了书，把它轻轻放在古斯塔夫门边的地板上，然后离开了大楼。

对他来说，现在这里已经无人居住了。

城门口书店用来迎客的旧铜铃发出的旋律始终是喜悦的大调。然而在第二天，当卡尔走进书店时，入耳的铃声恍惚间变成了小调。

门口立着一个画架，上面是一张用黑纱镶框的照片，那是古斯塔夫退休、萨宾娜继任的场景。古斯塔夫被挡在巨大的花束后，笑容仿佛是女儿光彩照人的陪衬。那时的他已然不再是他自己了，而开始沦为一个影子。

画架前摆着一张小桌，洁白的提花桌布上放着吊唁册。卡尔用颤抖的手指翻动厚厚的纸页。有人画了心，有人写了表达哀悼和思念的话。许多人都分享了关于古斯塔夫的回忆，包括他推荐给他们的书，以及这些书对自己的意义或影响。

卡尔的手边有支亚光黑色的毡头笔。他是在读到令他动容的留言时发现它的。这是一种邀请，但他怎么也想不出合适的话来。古斯塔夫的观点是，下笔须谨慎。对一个文采了得的人说错话，无异于在厨师面前卖弄自己拙劣的烹调手艺。

黑裙裹身的萨宾娜·格鲁伯站在柜台后，正对着电脑屏幕打字。披散的头发遮住了她的大半张脸。

卡尔走到她面前。"我向……您表示衷心的哀悼。"他发现，这个"您"字似乎比以往更难说出口了。

"谢谢，"萨宾娜·格鲁伯头也不抬地回答，"咱们需要谈谈。"

"只要您需要倾听，我随时都在。或者需要任何支持，您知道的。"

现在她抬起了头，但没有看着他的眼睛。她的视线似乎聚焦在卡尔额头中间的某个点上。"柯霍夫先生，与我父亲无关，我说的是书店的事。"

卡尔依然沉浸在悲伤里，丝毫没有留意到萨宾娜尖锐的口吻。"关于书店也是一样，我会一直在这里支持您。"

"我父亲在世时，我有很多不能付诸实施的想法，因为他不会喜欢它们。但您一定理解，我不想再浪费时间了。要让我们的书店生存下去，就得尽快落实这些重要的改造。"

这段话听起来像她事先写好又演练过几遍。

"是的，当然。"卡尔茫然地回答。

"我们打算终止您的送货服务。以后，订购的书可以直接来店里取，或者由我们的批发商负责发货。请您在今天的最后一次派送中亲自告知顾客。如果哪一位不在家，我们的员工会写信通知他。"

"是因为我的酬金吗？从今天起，我不要任何报酬。"

"柯霍夫先生，不单单是钱的问题。我已经和您详细解释过额外的开支了。"

"可是，顾客的大部分订单都是我亲自下的，而且我把它们都输入管理系统里了。"

"我实在不想在这儿跟您讨论内部流程问题。这是我的书店，我的决定就是这样，"她继续在键盘上敲敲打打，"这是一个完全理性的、纯粹管理上的决定。请您不要再扩大争论了。现在，您可以用空闲的傍晚时间享受美好的事情了。"

卡尔僵立在原地。他一度陷入了思维停滞，直到发现连呼吸都被自己抛在脑后时，他才回过神来，让空气均匀地流进肺中。他应该用空闲的傍晚时间享受什么美好的事情？没什么比给别人送书更美好了。

"我像顾客一样在这里正常买书，然后把书送出去，这样就不会增加您的开支了。"

"但在这种情况下，谁能保证您的交付？"

"风险完全由我承担。"

"柯霍夫先生，这种讨论正是我希望避免的。"

"可是……"

"这似乎是我们书店的一项正式服务。如果您对顾客表现出不当行为，责任还是会算在我们头上。好了，现在我确实有比继续这场谈话更重要的事情要做。还有你们所有人，请回去工作。"

卡尔这才发觉，书店的三位员工和实习生利昂已经站在了他的左右两边。

"柯霍夫先生从来没有对顾客表现过不当行为。"凡妮莎·艾兴多夫说。多年前，她接受了卡尔的培训，并在他的鼓励下挺过了那段艰难的入门期。

"一次投诉也没有。"尤莉亚·贝尔纳强调。卡尔曾经自掏腰包，帮第一次做财务日报表出错的她补上了三十马克。

"通过他收到的反馈始终只有一种，就是咱们对顾客有多么上心。"接话的是约亨·吉辛，卡尔曾为他的女儿莉莉争取到一份面包房的学生实习工作。卡尔说面包师是他的朋友，因为他早上总在那里吃黄油牛角包，用闪闪的硬币跟对方交换新鲜出炉的烘焙食品，已经足足二十七年了——这就是他们之间的特殊关系。

利昂觉得自己也必须说点什么。"因为柯霍夫，我全家人多年来一直在这里买书，虽然我一本也没读。"

萨宾娜·格鲁伯的瞳孔紧张地收缩着，颈动脉紧张地跳动起来，手也紧张地将好好放在左侧的一支笔摆到了右侧。她本想在今天划清界限。她已经把所有让自己想起父亲的东西搬出了办公室，其中包括古斯塔夫与那位后来在贝伦多夫镇获得诺贝尔奖的青年 ① 的合影、他的城市文化奖证书（作为对他主办过如此之多朗读会的感谢），甚至还有那张线条稚拙的画像——那是萨宾娜在上幼儿园时亲手为他画的。她不愿再想起父亲，因为一想到就会痛苦。她知道父亲最挂念的就是卡尔·柯霍

———————————

① 指君特·格拉斯。

夫，倘若没有生意不外传的家族传统，他一定会把书店交给这个人。

当她注视全体员工的眼睛时，她明白过来了，他们还不想脱离他的父亲，而且，卡尔·柯霍夫是他们与父亲之间仅存的联系。

今天或许不是剪除最终麻烦的日子。

但今天是向大家展示剪刀已经就位的日子。

"等我另行通知吧。"她说。所有人都听懂了话里的威胁。

卡尔在默默地给书打包。折叠包装纸，轻轻地拉动胶带，还有包裹相蹭时发出的刮擦声，这些熟悉的工作日常都让他的呼吸平静了些许，却奈何不了他的心。他在服缓刑，稍有不慎就会招致驱逐。他把打算送给顾客的书也一并打包了——正如夏夏所计划的，这是些会让他们感到幸福的书。

被解雇后，他会给自己挑选哪本书呢？萨宾娜·格鲁伯的电脑或许会为他这个年纪的男人推荐某种更有意义的活动。造一个种植床，挑战用两种食材做一道菜，织个冬帽，学丝绸画，或者去大学当老年旁听生，这些都会让人快乐——除非这个人刚刚失去了几十年来让他最最幸福的工作。对于习惯了真正咖啡豆的人来说，苦涩的菊苣根①注定是上不了台面的替代品。

阴沉的天空下，穿着黄色外套的夏夏像颗行走的小太阳。即便如此，卡尔还是提不起精神来。

"你看起来跟平时不一样。"她打招呼说。

"我和平时一样。"

"你的眼睛变了。"夏夏倒退了几步，认认真真地打量着他。

"我就只有这一双，变不了的。"

"你哭了吗？"

"没有。"

"也许你不是在表面上哭的。就是说眼泪不在眼睛里，而是在心里？"

"心里的眼泪？"

"嗯嗯，如果可以的话。"

"那我的眼睛看起来怎么会变了？"

"它们看起来很羞愧，因为它们明明是用来哭的。"

---

① 烤菊苣根制成的饮品味道近似咖啡。

卡尔用指尖抚了抚上眼睑，似乎他的眼睛真的羞愧难当，需要几分照拂。

"我可以再提个问题吗？"夏夏问。

"你通常不会这么请求，而是直接问。"

"我有点害怕，可能你会觉得问题很傻。"

"你从没为此困扰过，咱们之间还是老样子。有话直说。"

"今天你给我起个名字吧？"

"不，我想不到有哪本书里的哪个人物像你。"

"但我想要一个名字。你要多读些书。"

"我会的，就快了。"卡尔说。但他没有解释原因。

狗狗今天来得挺早，侧身在卡尔的右腿上蹭来蹭去——装着小点心的药盒就在那边，但卡尔什么也没给它。这样的话，它还会来吗？当他弯下腰去，想要挠挠它的小脑袋时，它却突然避开了。卡尔抓了个空，随即打了个趔趄，扑向古老的鹅卵石路面。这些石头已经保持了几个世纪的强硬，从未向马车或坦克履带屈服过。卡尔先是膝盖着地，紧接着身子一歪，倒了下去。他的胳膊和腿都痛得厉害，心底的失落更是有过之而无不及。他从没在送书的路上摔倒过，连滑倒也没有。他结实的鞋子、厚实的袜子和他的双脚向来是很可靠的。但世界似乎正在发生变化,而且是翻天覆地的变化,它们化身为一群饿狼,准备围捕他这只受伤的绵羊。

"来,我扶你起来。"夏夏伸出她的手。卡尔握上去,但依旧躺在鹅卵石上,而不是拉扯夏夏,叫她失去平衡。"今天要不要我帮你背包?我可以背两个。"

"不,"卡尔说着站了起来。他的膝盖很痛,手心也磨破了皮,"如果背上没有负重,我会觉得不对劲。"

夏夏把他摔倒时滑落的背包给了他。"它好重啊。里面只有你喜欢的书吗?还是说你也带了别的东西?"

"我喜欢你的问题,"卡尔掸了掸衣服上的泥土,"但今天我没什么兴致。我没有多余的精力了。"

"这算什么回答。"

他叹了一口气。"我会送我不喜欢的书——或者说,我难以消受的书,你知道吗?没有哪本书能引起所有人的共鸣。而且,再愚蠢的书也有可能启发明智的想法。一点点愚蠢是不会伤人的。只要小心避免让它失控和蔓延。"卡尔很少撒谎说某本书售罄了,而且耻于这么做。尽管有一次,他还是没有把一本书带给艾菲,因为他听说一位读过此书的女士陷入了抑郁。

"我还有个问题。"

"下次吧，我今天不想说话。"

"就一个！求求求求求求你！"

"你为什么总是寸步不让呢？"

夏夏把这句话理解为同意。但就算被拒绝，她也要照问不误。如果他们不聊天，卡尔今天的心情一定会越来越低落。她的问题是他想法的救生圈，能让它们浮在他的身边。

"你有没有拒绝过顾客？或者取消过订单？"

卡尔烦躁得要命，以至于一时间忘记了悲伤。"有，出于自卫，就像我要出于自卫而保持沉默一样。"

"那个顾客是不是艾菲的丈夫？因为他要打你？"

"啊？没有。狗狗呢？"

那只猫已经走了，离开得悄无声息。

"怎么会？"夏夏问，"说说嘛。"

卡尔深深地吸了一口气。他真的不想回答这个问题，但他更不想失去第二个同伴。比起夏夏的问题，孑然一身要糟糕多了。

"是这么一位顾客，她总是掐断新书的脖子，就是说，使劲把书脊压得咔咔直响。"

"她有病吧。"夏夏气得想朝地上啐口水，又觉得这么做也很粗俗。

"她觉得这样能更轻巧地拿着书，不容易脱手。她拆掉包装以后总这么干，而且迫不及待。我实在受不了这种噪音。现在你满意了吗？"

夏夏想到了她背包里的书。"我觉得你做得很对。我请你吃个冰淇淋吧。"

"因为我回答了你的问题？"

"不是，因为冰淇淋总能让心情变好。"

"在很多问题上不能，对我就完全没用。"

"不对，没有不能的。冰淇淋就是这么神奇。"

她坚持要卡尔在皮诺冷饮店吃一款名叫企鹅的冰淇淋，里面搅拌有坚果牛轧糖酱，表面撒满了夏夏选择的五颜六色的糖粉。它甜得不可思议。

冰淇淋确实有用。当两滴奶落到卡尔右脚的靴子上时，它看上去像添了一双眼睛，而且冒出了一个相当傻气的表情。两个人不由得大笑起来。

当天傍晚，卡尔告诉他的所有顾客，从现在开始，他们需要在私下里找他订书，最好是在他上门时。给他打电话也可以，他几乎全天都联络得上。否则，萨宾娜极有可能劝说他们停止使用卡尔的服务，然后力排众议地解雇他。没有顾客，也就没有卡尔了。

夏夏没有忘记尚未得到自己赠书的人。于是，浮士德博士得到了日历《全世界最可爱的小狗》，并竭尽全力地表达了喜悦之情。卡尔为达西先生准备了一本豪华珍藏版的《傲慢与偏见》，称之为书店对他多年抬爱的小小感谢。达西先生说，他昨天收到了卡尔的巴拿马生日礼物，木材业比他想象得有趣许多。

卡尔瞟了一眼夏夏，她若无其事地踮了踮脚尖。

虽然艾菲没有订书，他们还是来到她家门口，想要看看她。灯是关着的，按铃后也没人应门。卡尔把《埃里希·卡斯特纳博士的抒情诗药箱》塞进了她的信箱，因为他怀疑她在许多生活领域需要帮助。不过，他也难以确定卡斯特纳美妙的短诗作用几何。

当两人坐在赫拉克勒斯家厨房的餐桌旁时，夏夏问他们的顾客，"维特"（她对这个名字记忆犹新）这本书怎么样。

"你知道的，这是一部书信体小说，讲述的是年轻的实习律师维特爱上了绿蒂，而不幸的是，她已经和另一个男人订婚了。"夏夏愣住了，这是卡尔上次用来描述小说的原话，一字不差。难道赫拉克勒斯把它们背下来了？

卡尔为他选择了一本红色封面的书，其中收录了对许多重要世界文学名著的赏析。他拆开包装后一点也不高兴，反而有些困惑地盯着它。直到夏夏解释了卡尔的意图，他的脸上才浮现出一个没精打采的微笑。

"再也不用让我为您总结小说的内容了，"卡尔说，"这本书是由名副其实的专家编写的。"

像盏被断了电的灯一样，赫拉克勒斯的笑容消失了。

夏夏茅塞顿开，她凑近卡尔。"注意他的眼睛！"

然后她翻开那本书，转向赫拉克勒斯。她用食指尖划过目录。"所有重要小说的名字全在这儿啦。比如《吕根岛》，这本书很有名的，您读过吗？"

"还没有。"

"那这本您肯定读过咯，"她指着一行字，沉默了片刻，"《施泰因家的羊》。"

"可惜，也没有。柯霍夫先生，您还是多给我讲讲小说吧。这本书确实很棒，可是在您的讲述下，那些书会变得特别生动。"

"如果您愿意，我当然很乐意继续效劳。"

现在灯又亮了起来。赫拉克勒斯想知道《吕根岛》和《施泰因家的羊》的具体情节，于是卡尔想方设法地讲起了故事，尽管他也没读过这两本书——它们压根就不存在。

当二人回到街上时，卡尔深吸了一口气。"他就不是块读书的料。"

"真可怜。"

"为什么是吕根岛、羊和施泰因？"

"因为去年我和爸爸在那儿度假时住在施泰因家的民宿里，他们家有很多绵羊，特别可爱。我一下子也想不出更好的书名了。咱们能帮帮赫拉克勒斯吗？"

"很有必要。"

"可是一本书还不够。"

"嗯。而且不管咱们怎样帮助他，都不能让他感到难为情。他刚才就有点羞愧了。"

"这种感觉很讨厌。我知道，因为我经常难为情。"

他们默默地继续走着。

企鹅冰淇淋的效果总会消退的。你不可能一口气吃掉解决好几天问题的分量。

最后，他们经过了朗读者家。两个人的背包已经空空如也了。

"他的书怎么样？"夏夏问，"你能给它写一个美满的结局吗？"

他一个字都还没读。他觉得自己不能再拖下去了。

卡尔把大扶手椅从落地窗边拉开。今天，他不想观察他的城市——既不想在大街小巷里寻觅顾客，也不想在屋顶和露台上找狗狗。外面有太多让人痛苦和恐惧的东西了。

读书前，他给自己泡了一大壶草本茶，温在带蜡烛的小炉上。

卡尔将读者分成兔子、乌龟和鱼。他本人是一条鱼，在书中逐流而行，时快时慢。兔子是速读者，在书里跑得飞快，看了后页忘前页——所以他们得不断地往回翻，检查遗漏的地方。乌龟也是如此，但这是因为他们读得太慢了，以至于看完一本书要花上几个月的时间。他们每晚只读一页，然后就睡着了。他们有时会在转天晚上重读前一天读过的文字，因为他们对阅读进度只有一个模糊的印象。这三种动物都有可能暂时变成一只好奇的田凫，会跳到书后，先读结局，然后再读其他部分。卡尔觉得这么做就像在餐馆里先吃甜点一样。它依然香甜美味，只不过基于逐道丰盛的菜肴累积起来的兴致已经没有了。

在翻开新书的瞬间，无论哪种动物都会产生某种异样的感受。卡尔感受到的常常是忐忑不安。它配得上书名、封面和宣传语所激发的期待吗？它的笔法文风能否成功地打动他？

第一句话刚刚入眼，他就听到了朗读者温暖的男中音。这本小说似乎完全是由好听的词句构成的，每一行仿佛都是用耳朵写就的（从解剖学角度来看，这显然是一派胡言）。其中也有一些粗野的字眼，但朗读者的选词听上去十分有趣。卡尔情不自禁地高声朗读起这本书来——他此前从未这样做过。

他甚至忘记了喝茶。

实际上，卡尔在同时阅读两本书。这个想学探戈的聋哑人也偷偷地写了一本小说：一名热气球驾驶员建造了一艘庞大的飞艇，底部是一间巨大的吊舱，里面满载着他生活所需的一切，如此一来，他就再也不必着陆了。

当聋哑人断绝了和一直在蒙骗他的舞蹈老师之间的关系时，他至少让他的驾驶员得到了幸福——他为命中的挚爱从天而降，两人既在字面意义上，也在实质上走到了一起。

也许夏夏会接受这个"半美满"的结局。

卡尔一想到她就禁不住笑了。他很想她，程度甚至超过了送书。

读完手稿后，卡尔非常开心，却也有点忧郁。原因在于，即使一本精彩的书在合适的节点上以合适的文字收尾，强生枝节只会破坏这种完美，人们还是奢望再多读几页。这就是"阅读中的精神分裂症"。

卡尔想告诉朗读者的是，这本书令他深受触动。但他深深怀疑，抒发己见是否足以满足对方的需求。

必须让朗读者知道他的书有多棒。

卡尔想出了一个主意。

第五章　话语

　　小说中的天气往往对应着主人公的心情，这叫卡尔觉得不可思议。小城的天气并不在意他的心情。他干劲十足，可天空已经蒙上了一层脏兮兮的灰色，水珠从膨胀的云间稀稀拉拉地落下，刚好滴在他的脸上。他竖起夹克的领子，因为暂时还用不上雨伞。只有下得再大一点，他才有理由撑开伞。这场雨还真是阴险啊！

　　它倒是完美贴合了夏夏的心境。

　　挂着假飞行员眼镜的帽子被她拉得低低的，遮住了额头。今天的夏夏是一颗忧伤的太阳。

　　"怎么啦？"

　　"都怪讨厌的西蒙。"她的口气酷似一道威力奇大的咒语。

　　"吃不吃企鹅冰淇淋？"卡尔问。毕竟夏夏说过，它总能让心情变好。

"不要！"夏夏发起犟来。

"两个球，加糖霜？"

"好吧，"夏夏脱口而出，"不过得现在就去。"

于是，卡尔头一次改变了他的送书顺序。

小小的皮诺冷饮店今天同时提供巧克力酱和糖霜。夏夏两种配料都想加。卡尔也点了一个球，只是为了陪着夏夏吃。

人没法怒容满面地舔冰淇淋，所以她的五官很快就舒展开了。

"这个西蒙干了什么？"

夏夏舔了舔快要流出蛋筒的冰淇淋。"他在课间朝我走过来，推了我一把。莫名其妙。害我摔进了树丛。我的胳膊被划伤了，"她向他展示了伤口，"这里。流血啦。"夏夏知道，她只是被桂樱树刮了三条浅浅的划痕。而且西蒙并没有用力推，她是因为书包太沉、重心不稳而摔倒的。此外，西蒙被吓了一跳，然后内疚地跑开了。不过呢，当生活中发生戏剧性的事情时，对剧情稍加打磨是不为过的。

"一定很疼吧？"卡尔说。

"那可不！"

"要吹吹吗?"

"噗，这不管用。这可是真的伤口!"

在孩子的世界里，朝伤口吹气的效果似乎是随着圣诞老人和复活节兔子一道消失的。

"我想，你的西蒙喜欢上你啦。"

"因为他推了我?"夏夏狠狠地舔上一大口冰淇淋，以示对这个推测的不满。

"对，男孩会这么干。他们在这个年纪还不懂得怎么以正确的方式找女孩聊天。"

"但他们知道怎么以正确的方式把女孩推倒。"

"确实。甚至有这么一个术语——消极接触。所以这种行为是有科学依据的。"

"不管怎么样，西蒙很讨厌。"咔哧一声，她咬碎了蛋筒。

在卡尔看来，夏夏这个年纪的女孩都会把"讨厌"和"男孩"理解成同义词。"所有男孩都是讨厌的男孩，"他用赞同的口吻说，"直到他们长大成人。"然而，倘若不走运，他们就会变成讨厌的男人。

"咱们要不要去找西蒙，然后推他一把?"他问。

夏夏先是吃惊地望着他，随即放声大笑，连蛋筒屑都飞出了嘴巴。过了好一会儿，她才喘上气来。"不要，我才不像他那么讨厌。我还要送书呢。"

在拜访阿玛丽莉丝修女的路上，夏夏一个劲地埋怨着西蒙。更多的回忆涌现在脑海里，让她越想越来气。西蒙在她的文具盒上画过一张傻笑的脸，把她的书包藏起来过（紧挨着他的），还在体育课上拉她加入自己的队伍——她的躲避球水平真的很差劲。他干吗老是盯着她不放？她哪里惹着他啦？上幼儿园时，他们总是很要好地玩过家家游戏，"孩子"要么是狮子玩偶，要么是长着招风耳的安妮特娃娃。

修女又订购了一本惊悚小说，书的切口被设计成血滴渗出的样式。卡尔带给她的礼物是一本关于居住权的法律专业书。但愿她能找到让自己留在修道院里的条目。就算没有，他也会继续给她送面粉和蜡烛。

接下来，他们去了长袜子夫人家。门铃刚响，她就出现在了门口。

"是你们啊。等一下。"她离开了片刻。当她回来时，她蓬乱的头发看上去服帖了一些，而且自豪地高举着《找不同》。

"我都找到了，"她打开书，向他们展示用红笔圈起来的地方，"附带的说明文字里也有错，或许是加分题吧，"她微微一笑，"再次谢谢你们。我已经很久没有这么开心啦。你们知道，我很想念我的学生们，主要是差生，因为我能教给他们的东西是最多的。"

有个主意在卡尔的脑袋里酝酿很久了，现在轮到它亮相了。

他转向夏夏。"你能帮我个忙吗？"

"没问题。"

"不要个冰淇淋当酬劳吗？"

"今天吃过啦，"她咧嘴笑了，"但我还能再吃一个，为了帮你的忙。"

"快去赫拉克勒斯家，看看他在不在。如果可以，让他待着别动，别去超市或健身房，然后快点回来通知我。赶紧去！"

夏夏点点头，飞奔起来（与此同时，长袜子夫人又给卡尔出了一道错字题）。为了要紧事而奔波的感觉真好，它使人足下生风，叫人心潮澎湃。最关键的是，它让人有了充分的理由大喊："别挡道！"可惜，赫拉克勒斯的公寓就在不远处。夏夏不假思索地按下了门铃。

"哈喽，是谁？"对讲机里传出声音。

"我是夏夏，和送书人一起的，就是柯霍夫先生。"

"可我什么都没订呀。"

"你在家吗？能待在家里吗？"

"呃，在。怎么了？"

"不去健身房或买东西吧？"

"夏夏。"

"干吗？"

"这都是什么奇奇怪怪的问题？"

"到底去不去吗？最好是不去。"

"我今天哪儿也不去了。"

"耶！谢谢，赫拉克勒斯！"

"赫拉克……是谁啊？"

夏夏已经跑远了。当她回到长袜子夫人家时，后者正在穿一件外套。她的手接连几次都没对准袖子伸进去，因为她很是不安。

"他住得不远，"卡尔的语气充满鼓励，他已经和她详细地谈过了，"如果能成，以后他一定会经常来找您的，"他撑开了伞，"这样感觉就没那么糟了，是吧？"

长袜子夫人仰起头。天空一望无际，目光无远弗届。她感到一阵晕眩，但也感觉到了卡尔扶住她上臂的手。她已经太久没有出门了，如今仿佛成了一个小小孩，正在尝试迈出人生的第一步。最后一次离开家是什么时候？逃避广阔的天空原非刻意而为，但渐渐地，几天变成了几周、几个月，乃至几年。时间越久，她就越怕离开自己安全的避难所，墙壁和天花板已然化作了她的堡垒。

但现在冒出了一个新学生。卡尔·柯霍夫向她表明，她是他唯一的希望。

这是前所未有的走出去的好时机。

膝盖的颤抖慢慢地减弱了，但没有完全消失。卡尔紧握的手给了长袜子夫人些许安全感，面前蹦蹦跳跳的孩子消除了她的几分恐惧。不一会儿，一只猫也加入到他们中间，发出犬吠般的叫声。她怀疑自己是否听错了。

夏夏再次按响了赫拉克勒斯家的门铃。

"哈喽，是谁？"他在对讲机里问。

"还是夏夏。柯霍夫先生也来了。"

"可我还没有订书呢。"赫拉克勒斯笑道。

卡尔对着对讲机欠了欠身。"是关于其他的事。我想求您帮个忙。"

里面传出沙沙声。"哦，那你们上来吧。"

当他们走上楼时，赫拉克勒斯已经站在楼梯口了。

"谢谢您抽出时间见我们。"卡尔说。

"肯定要留出时间见您的。"

"这位是……"糟糕！卡尔把她当成长袜子夫人太久了，以至于记不清她的原名了。虽然它就在门铃旁边，但他每次都视而不见。

"多萝茜·希勒斯海姆，幸会，"长袜子夫人说，"有些朋友也叫我长袜子夫人。"她看了卡尔一眼，后者的目光转到夏夏身上，又被夏夏抛向了地面。

四人走进厨房，赫拉克勒斯拿出一些喝的招待了他们。

"我能为你们做些什么呢？"他拿着自己的饮料和他们坐在一起。

"我是一名小学老师。"长袜子夫人说。

赫拉克勒斯压低眉毛，像个准备苦战一场的拳击手。

"我的一个学生既不会读也不会写，是个文盲。"

赫拉克勒斯清清嗓子。"我不知道怎样才能帮到您，我在建材商场工作。"

"问题在于，他不尊重我。我给他设计出了一套非常好的方法，让他学习读和写。可我是个老太太，当然，我有颗年轻的心，但他觉得我……不酷。所以我需要一个够酷的、让他尊重的人。他非常崇拜一个通体绿色、壮得像山一样的动作电影男主角，是他的超级粉丝。我对柯霍夫先生讲了我的困扰，而他想到了请您来帮助我的主意。"

"嗯，那……"

"当然，我首先得亲自把方法教给您，这样您才能传授给他。我是不会强人所难的。但这个工作有点辛苦，我不想瞒您，咱们确实得把所有字母都过一遍，因为我为每个字母设计了特殊的句子，以便于记忆，"长袜子夫人看着赫拉克勒斯，他正在捏自己的指关节，"如果您拒绝，我是完全能够理解的，这一切发生得太出人意料了。您一定还有很多事情要忙。都是因为这个学生，您知道的。我很喜欢他，是个很不错的男孩，只是没有学好读写，我不想让他的人生毁在这上面。"长袜子夫人喝了一口矿泉水，希望自己的委托没有太过冒昧，意图没有太过明显。

"你可以搞一套超级英雄的衣服，"夏夏说，"那样你就是字母队长或 ABC 人了。连我都想跟着你学习啦！"

赫拉克勒斯深吸了一口气。"我必须说点什么，"又是一次深呼吸，"这个主意棒极啦。我要是拒绝的话，那我不成混蛋了吗？"他伸出大手，"我加入。但为了保证理解所有内容，我会问很多问题。您就像教那个男孩一样教我吧。我做什么事情都会尽百分之百的努力。我觉得帮孩子认识字母表是件特别棒的事。"

卡尔强忍着，避免笑容在脸上绽开。夏夏则干脆放弃了抵抗。长袜子夫人久久地握着赫拉克勒斯的手，就像在健身一样。

送书人缓缓凑向夏夏。"明天早上我还需要你的帮助。你可以问问你爸爸你能不能来吗？"

"当然能。反正他总是比我先出门，他不会发现的。"

"可能会稍微耽误你上学，但是没有别的法子了。"

"反正明天前两节是体育课，西蒙又要推我了。"

"不会花很长时间的。如果你想成为职业运动员，最好还是别旷体育课。"

"不，我不想。"

赫拉克勒斯拿出一瓶烈酒，与长袜子夫人为他们的合作项目碰杯。二人把酒言欢起来。

卡尔又朝夏夏俯过身去。"你长大以后想做什么？"

"不知道。"

"我小时候想当市长。"

"我不行，我不会组织安排。去年我们为动物收容所办了一个义卖会，每个人都得摆一个摊位。我是卖柠檬水的。用真的柠檬。摊位上有桌子、一张塑料桌布、很多玻璃杯，当然还有柠檬之类的。我是唯一一个啥也没卖出去的人，大家都在嘲笑我。我再也不要组织活动了。这辈子都不要啦。"

"可是你为我的顾客们安排了那些书。"

"那是给每个人一本书，而且所有书都是从旧书商那儿得来的。所以这算不上真正的组织工作。我想要一个由别人来组织的工作，我想当员工，就像你一样。"

"哪里的员工呢？"

"无所谓，关键是员工，而且不能跟柠檬有关。"

卡尔在闹钟响起之前醒了过来。他又瞧了瞧钟面，因为这种事已经太久没发生在他身上了。足足提早了半个小时。他没有翻过身继续睡，而是活力十足地跳下了床（至少在他看来是这样），并为这个特别的日子做起了准备。当务之急还是克服内心的紧张。

昨天，他给位于贝希特街的托西多雪茄厂打了电话，佯言自己是《城市日报》的编辑，想采访一下朗读者。他是喝了半瓶法国西万尼后才壮起胆子这么干的。酒精让他变得有点口齿不清，却并没引起厂长的怀疑。兴许她觉得，没事喝点小酒对记者来说再正常不过。卡尔问她，工厂几点开门？朗读者什么时候来？是带着书来还是预先把书留在厂里？原来如此——要朗读的书总是被他搁在讲台上。工人们从早上八点开始上班，朗读者在半小时后就位。

这下十拿九稳了。

卡尔反复研究着自己的早餐三明治，仿佛它被人调了包。一样的帕德博恩乡村面包，涂抹的黄油量没变，上面的中度成熟高达奶酪片也是他常年购买的。可它的味道变了。那杯从未如今天这般香醇可口的咖啡也是一样——自从这款"细腻柔和"混合咖啡上市以来，他就没喝过别的牌子。奶酪、黄油和面包各有滋味，口感前所未有地层次分明。他忍不住又给自己做了一个，这简直是在暴饮暴食。

从挂钩上取下外套时，他的视线落在了抽屉柜上的一摞书上。他必须把它们交还给图书馆。他寻遍了这些童书，也看不见夏夏的影子。夏夏很想要一个名字，但他就是找不到。书中没有哪个女孩像她。也许现在找名字已经太迟了，也许他已经过于了解她了。源于书中的名字就像紧身衣，如果个性完全舒展开来，就会把衣服撑破。把蝴蝶放回茧里是不现实的。他不会停止寻找的，只有这个总是陪伴在他左右的小姑娘。

踏上门前的人行道时，卡尔不禁想起了昨天的长袜子夫人。她踏入了一个对她而言已然陌生的世界，而他现在也有同样的感受。这是他的城市，在两平方公里的市中心，他对每一块鹅卵石都熟悉得不能再熟悉了。但这又不是他的城市，不过是它的变体之一罢了。他从没在上午九点前走进过这里，也没在其中停留到晚上九点以后过。在那些时分，卡尔不会知道发生了哪些事，不会认识走在街上的人，也听不到人声和各种噪声。

在去往雪茄厂的路上，他的城市令他耳目一新。

他在离目的地还有两百米的地方停下了脚步。

交通灯下，面前繁忙的四车道环路意味着世界的尽头。他没有按下过街按钮，而是越过无形的边界望向他已经认出的工厂。

夏夏站在那里。她不停地挥着手，每挥一下都像在收线，把他拉向自己。等了三个红灯后，他终于按下了按钮，穿过这堵看不见的墙，来到了工厂门口。

他离开了他的小岛，因为岛的一部分离开了陆地。

夏夏不安地换着支撑腿。"现在你能告诉我，为啥要我来这里了吗？"

"你是关键。"卡尔说。

"什么意思？"

"从现在开始，你就是朗读者的侄女，要给他安排一个惊喜。"

"那你为什么不当他的叔叔？"

"因为没人会拒绝一个像你这样可爱的小姑娘。一个奇怪的老头子就难说了。"

"我不小了。"

卡尔环顾四周，唯恐接下来要说的话被人听见，他甚至确认了一下有没有工厂的窗户是敞开或斜开着的。"你就说，你的叔叔给工厂的同事们写了一本书，可他不敢朗读出来，但它真的很精彩。你的计划是把书放在他的讲台上，把原先放在上面的书拿走，这样他就没得选了，只能读它。大部分都是实话实说。"

"除了撒谎的部分。"

"有时候，我希望你年纪更小一点，更听话一点。"

"我可以去，但要用我的法子。"

"呃，我不知道，你要……"

"我会告诉大家，我们在庆祝叔叔的生日，需要为他做件很棒的事。"

"这个……确实更好。"

对夏夏来说，今天也是一个大开眼界的日子。这个房间里的一切都与烟草有关。入口处的深色扶手椅旁摆着大小不一的雪茄盒，明明配上了璀璨的珠宝首饰，却只能拿来存放乏味的褐色肠状物。还有那些玻璃柜，里面摆着精致的雪茄剪和锃亮的打火机。到处散发着泥土和辛辣的气息。灯光暗淡，日光穿过百叶窗的窄缝，投下细密的条纹。耳边回荡着陌生语言的歌曲。她感觉卡尔在轻轻推自己——原来她已经在原地目瞪口呆好一会儿了。

一位深发女性走了进来。她的肤色宛如牛奶巧克力，讲话时发出的卷舌音比实际该发的要多得多。她就是厂长梅赛德斯·里门施耐德，一半古巴血统，一半德国血统。这家工厂一半是她的梦想，一半是她的噩梦。如今，相比醉生梦死，许多人更追求健康的生活。梅赛德斯·里门施耐德则反其道而行之，把享乐放在人生的首位。她觉得人们有必要认识到：不是只有苗条佳人才能同时选择紧身的和宽剪裁的连衣裙。

夏夏讲起了她的故事，但不好意思直视厂长的脸。她直愣愣地盯着宽木地板。

听她说完后，梅赛德斯·里门施耐德捋了捋自己的深色鬈发。"多好的想法啊！来，跟我走吧！"走出几步后，她又转过身来，"你不用上学吗？"

"今天的前两节课取消了，因为布吕克纳女士生病了。我想她应该是怀孕了。"细节使谎言更加可信，夏夏知道这一点。

梅赛德斯·里门施耐德拉开一幅厚厚的酒红色门帘，后面是一座大厅，里面有二十张桌子，坐在桌前的男女纷纷抬头，投来友善的目光。每个人的面前都有一块用来卷雪茄的木板、一只装着烟叶的纸盒，以及半月刀、小剪刀、放置成品雪茄的凹槽托盘等工具。但最重要的还是工人的一双巧手，它们必须柔软且灵活，并与有分寸感的眼力配合得当。只有卷烟叶的力道合适，烟才能顺利地穿过叶子。

正前方是讲台，朗读者要读的书就在上面。夏夏悄悄地走过去，把那本《鲁滨逊漂流记》收进背包里，然后把那本从未公开过的手稿放在了桌上。

"咱们走吧。"卡尔说。

"我想等到他读了再走。"

"不行，你现在得去上学。"

梅赛德斯·里门施耐德站在卡尔的身边。"我以为孩子的前两节课取消了。"

卡尔局促地抿嘴笑了笑。"对，但花在路上的时间也挺长的，而且我的腿脚还不是很利索。"

厂长走到夏夏身后，把双手搭在她的肩膀上。"您就让孙女高兴一下吧。他现在随时会进来。你们最好躲到后门出口那儿去，否则会被他看见。"

正当他们藏进暗处时，朗读者进来了。他和大厅里的人逐一握手，但没有说话。他戴着一条护住喉咙的红围巾，穿着也过于厚实了。他似乎想遥遥地说服感冒病原体，任何趁虚而入的尝试都是徒劳。

"他过去了。"夏夏低声说。心头的紧张几乎无法抑制。

卡尔嘘了一下。他也有同感，只是不想表现出来而已。

朗读者走到讲台前。当他看到摆在上面的手稿时，他怔住了。他立即环顾四周，寻找起唯一得到过它的人——卡尔，但他一无所获。于是，他转身回到讲台前，掀起手稿，看了看下面，又扫了扫周围的地面，同样没找到《鲁滨逊漂流记》。它不在原位上，怎么可能？

雪茄厂长凑了过来。"还好吗？"

"我的书不见了。有人来过吗？它被拿走了吗？"他又转向工人们，"有人拿了我的书吗？"

他们齐刷刷地望向梅赛德斯·里门施耐德。她不自然地摇摇头。"您的讲台上不是还放着什么东西吗？那不是您的书吗？"

"不是，呃，是的。可是……"

"您就读放在上面的那本书吧，大家都等着呢。您就是朗读电话簿，大家也会听得入神。谁叫您的声音这么悦耳呢。"厂长倾心于朗读者，对他的声音尤甚。她愿意每天下班后带他回家，让他坐在椅子上，一直为她读书。很久以来，她都在暗自期待，伴着烛光和一大杯红酒，听这个深沉而温暖的声音将勾起情欲的文学段落娓娓道来，会是一种什么样的感觉。

梅赛德斯·里门施耐德把手放在他的手上，以示鼓励。她也想听听这部小说，不仅仅是因为其中或许包含着关于一个热情似火的、有着一半古巴血统女人的情欲段落……

"但这不是给……"

"您就读吧，拜托了。就当是为我。"

朗读者用求助的眼神看着她。他宁愿读电话簿或雪茄包装上的标签，哪怕是被翻译成塞尔维亚-克罗地亚语的标签。但她无视他的求助，走进了办公室。她走路的姿势多少显得有些沉不住气。

朗读者小心地抚摸着扉页，仿佛先得轻轻唤醒他的手稿。

"《寂静的探戈》，"他读了起来，"作者……"他咕哝了几声，听上去像两个词。自从接受过发音训练后，他就娴熟掌握了收尾音节的转换，然而眼下，没有人听得懂他的喃喃自语。

他的声音突然变弱了，细得像由区区几根纱线纺成。他试探性地读了开头的几句话，检查着每个词的稳定性。

卡尔和夏夏屏住了呼吸，因为他们把这个和气的男人带进了很不愉快的境地。

但是，随着每个词的进出，并没有哪句话引发哈欠或不合时宜的大笑。朗读者有了信心，又在信心中萌发了对自己文字的欣喜。

卡尔和夏夏看到朗读者逐渐快乐了起来。

他们也看到了在办公室里笑逐颜开的梅赛德斯·里门施耐德。

还有停下了手头的活计、专心聆听的工人们，因为他们感觉到，这里正在发生一件特别的事情。

在托西多雪茄厂开启的一次世界首演。

以及一个男人，他发出了真正属于自己的声音。

"你帮了我一个大忙，"卡尔说，"不论是怎样做到的，你刚刚挽救了一个作家。"

卡尔和夏夏悄悄离开了，因为他们不想打扰朗读者的幸福。幸福感也涌上了卡尔的心头，只是，他难以断定自己这具残躯还能消受几何。在大教堂广场上，他热情地和夏夏道了别，目送她朝着学校飞奔而去。为了庆祝这一天，卡尔给自己买了一瓶来自著名的维尔茨堡施泰因产区的西万尼，下午就小酌了一口。之后，他阅读了自己最喜欢的小说《非普通读者》，一位伟大作家的小书。他每年只让自己读一次，每次都像个期待春天里第一根芦笋的老饕一样。

到目前为止，这是卡尔人生中最美好的日子。但生活有时不会让一个人一下子拥有太多的幸福，它似乎很吝啬，生怕你变得忘乎所以，飘飘然起来。

傍晚，在城门口书店，萨宾娜·格鲁伯把他约到办公室里谈话。他坐了下来，她依然站着。

"我有件很棒的事要告诉您。"卡尔说。他想把上午的经历分享给她。如果知道她的书店给人们带去了怎样的幸福，她一定会很高兴的。

但她全然没有理会这句话。"我要提前通知您的是，葬礼只在最小范围内举行，只有最亲密的家人参加。父亲会希望这么做的。请您等正式的安葬结束后再去墓前哀悼。我们不想要花圈。"

"但我敢肯定，全城人都想给古斯塔夫送别吧，"卡尔再也坐不住了，"墓园里会挤满人，而且他爱他所有的顾客。"好吧，不是所有，但肯定是大多数。没有人会爱所有人，即便是像古斯塔夫那样幽默的人。

"这不是他的愿望。"

"我不信。"卡尔脱口而出。

"您在指责我撒谎吗？"

"不，"他摇摇头，"我只是认为，您误会他了。"

"听起来不是这么回事。谈话结束了。以后您要好好考虑一下今天对我的指责。"萨宾娜撇下他走了。卡尔觉得很孤单，在这家书店，他的书店里，他从未如此孤独过。

孤独还在加剧。熙熙攘攘的大教堂广场上，夏夏本该与他会合的。他等了很久，甚至开始四处找她，叫她的名字。最后他不得不只身离开广场。他走过了那些今天没有下单的顾客的住所。也许夏夏正在达西先生家、艾菲家或朗读者家等着他。他甚至朝那条总是叫他生畏的昏暗小巷探了探头。但哪里都不见夏夏。狗狗今天也没有来。上次他没有给它小点心，因此失去了它的好感。

卡尔回到了大教堂广场，夏夏依然不在那里。

有些人在伤心时会什么也吃不下。第二天，卡尔还是读不进去书。他像处在自动模式下一样吃东西，却没法把这种设置套用在阅读上。他反复尝试换换脑子，思绪却紧抓着此时此地不放。自从学会把一串字母认成单词开始，他还没有哪天是完全没有读过书的。但阅读终究是一项服从于自我意志的活动，强迫不来。

傍晚，当他来到城门口书店时，他隔着玻璃窗看见萨宾娜·格鲁伯正在和一个穿着连体工作服的男人激烈地打着手势说话。她试图让对方平静下来，但没有成功。相反，他似乎越吼越凶，连带着大玻璃窗也震动起来。这种情绪爆发在书店里是很少见的，它也许存在于书架上的成百上千本小说中，但不会出现在过道上。

男人离开书店时想甩门而去，但身后的门不由他这么做，一如既往地轻轻关上了。

卡尔摇着头走进了书店。当萨宾娜·格鲁伯请他进入她的办公室后，门上的小铃铛还在稀疏地响着。在房间里，她没有看他的眼睛，甚至没有转向他。

卡尔还没来得及坐下，哪怕喘完一口气，萨宾娜·格鲁伯就说了一句话。只有五个字，五个音节，却比一整本小说还要沉重。

"您被解雇了。"她的声音带着愤怒的颤抖。

"什么？为什么？"

"我不必也不想说明理由。"她站在办公桌后，仿佛那是一堵防护墙。

"从什么时候开始？"卡尔问。他已经料到了此刻，也一直在担心，但事发突然得近乎不真实。

"立刻。我马上打电话通知您的顾客。"

所以这么多年后，他要一声不吭地消失，像本被辍笔的书一样。这不可能。

"请您让我今天自己来办这件事，"见萨宾娜·格鲁伯不语，他又补充道，"我不会惹事的。我会告诉所有同事，我支持这个决定。如果您愿意，我会说我是自愿辞职的。"

她没有回答，只是点了点头，然后指向门口。

这就是卡尔·柯霍夫书商生涯的结局。

得知自己是最后一次做某件事时，即便是最简单的行动，也会被赋予某些特别的东西。卡尔从未将包装纸折得如此棱角分明过，也从未把书排列得如此齐整过。他把带给艾菲的书留到了最后。他像裹起孩子一样小心翼翼地把书包起来，然后捧在手上。它多轻啊！他想。它讲述了漫长的一生，自身却不过几百克重。

把它放进背包时，卡尔屏住了呼吸。他是个老笨蛋。他知道工作到此结束了，尽管他曾希望这一天永远不会到来。他也知道，自己终有一天会死，但他无法想象这件事。他用了几十年的时间来适应这些想法。然而就一些事情来说，人们需要更多的时间，也许是一千年。

卡尔环顾了一遍没有窗户的、杂乱不堪的后屋。出版商的书目介绍册堆成一摞，残本等待着被退回，多层文件架上放着过时已久的新书宣传材料。对他来说，这间屋子一直像一座温暖、安全的洞穴。

他从后门离开了书店。

他又一次徒劳地等待起夏夏来。但这一次，他没有等太久。今天没有她的陪同反倒是好事，否则情况只会变得更加复杂。她不会让他像拒绝一个不速之客一样放着悲伤不管的。卡尔希望最后这次负书出行还是正常的、普通的散步，和往日里的任何一次毫无二致。不带忧郁，只有平和、淡定如常的踱踱前行。卡尔走得从容不迫，最后一次按下顾客的门铃时也没有犹豫。达西先生是最后一趟派送的第一位顾客。卡尔很高兴，因为他会平静地接受告别，就像卡尔在他身上看到的那位英伦绅士一样。

卡尔还没有反应过来，泪水就已经夺眶而出。在显微镜下，情绪性眼泪的成分不同于刮大风时防干燥、切洋葱时防刺激的反射性眼泪。此外，据说，哭泣并不存在于其他动物中，是典型的人类行为。无论来自哪里，说何种语言，每个人都会哭泣。这样看来，卡尔已经很多年没有做人了，因为他早就忘记该如何哭泣了。

当达西先生打开沉重的大门时，上面的想法在卡尔脑中一闪而过。

"柯霍夫先生，没事吧？您在哭吗？"

"是吗？"卡尔拭去眼角的泪水，惊奇地盯着自己湿润的指尖，"好像是。"

"有东西飞进您的眼里了吗？"达西先生希望卡尔给出肯定的回答，他缺乏安慰别人的经验。

"我的泪腺出了点毛病。"卡尔试图避开这个问题。他从背包里拿出达西先生的书，颤巍巍地递了过去。

"今天的书包得格外仔细。"

"我想是的。"

"见到您并收到书的日子总是很美好。每每翻开一本书，感觉都像结识了一位新朋友，"他环视左右，"说到朋友，夏夏今天没有陪着您吗？上次我的花钟是不是让她觉得很无聊？她不想再来了？"

卡尔不愿多想。"您觉得《傲慢与偏见》怎么样？"

"相当精彩！我已经连读三遍了，过去几天都沉浸在书里。您知道这是为什么吗？"

"我猜是因为它写得太好了。"

"确实。但主要是因为，我在一个人物身上发现了自己。"

"哦？"

"没错，是查尔斯·宾利。当然，我的年纪比他大，但我们在其余方面实在太像了。您在为我挑选这本书时就很清楚这一点，是吗？"

卡尔的微笑中带着倦意。"有时候，所知之事和自以为所知之事是两码事。"

"您想进来一会儿吗？咱们可以聊聊这本书。"达西先生热情地打开了门。

"可惜我没有时间了，今天我还要去好几家。很乐意和您下次再叙，"卡尔想，如果您想和一个前书商待在一起的话……"我还得通知您一件事,"他吸了一口气,"以后……"

"嗯?"

卡尔唇焦舌燥,心头一阵酸涩。他的世界都干涸了。

"您要来杯威士忌吗?"

"以后……"卡尔重复道,他闭上双眼,想要跨过这两个字,"以后……"

他喉咙紧闭,声带僵硬。他的全身都在抗拒,无法说出实情。

他放弃了,转而向一个谎言寻求庇护。

"以后我肯定会找时间上门拜访的。谁晓得自己还剩下多少时间了呢。"

"您病了吗,柯霍夫先生?"

卡尔久久注视着达西先生。"我只有一种叫作年老的病。我得继续上路了。请您保重!"

达西先生把一只手搭在卡尔的肩膀上。他以前从未这样做过。"您也是,柯霍夫先生。我真心地请您保重。"他不知道是什么让卡尔心情沉重,但他觉得很不对劲。由于达西是一个不喜欢被逼着袒露心扉的人,所以他让卡尔保持沉默,只是把下一张订单递给了他。

卡尔走了。他的头微微低垂，仿佛上面窝着一只大乌鸦。

"我怎么这么懦弱啊！"他对不在眼前的夏夏说，"好像我逃避得了事实一样。你是个小侦探，会找到我的。"

狗狗出现在了前方拐角处，吠叫着冲他打招呼。这家伙是不是想告诉他什么。

"你好呀，"卡尔摸摸它仰起的小脑袋，"比起事实来，我更喜欢你，"他拍了拍裤子上的空口袋，"可惜我没有给你带小点心。我以为你再也不来啦。"

狗狗还是留在了他的身边。卡尔突然觉得，他生活的地方并不是一座有成千上万居民的城市，而是一个只有他知晓的村庄：读者村。乍一看，村里的房子并没有直接相邻，但实际上，它就像一把手风琴，当这种乐器被拉长时，"肋骨"是远远分开的；但如果在演奏中把空气挤出去，它们就会紧紧挨在一起。当他行走于城中时，房子与居住在其中的人们之间的距离消失了。无论他从一处去到另一处要走两步还是一百步，都无甚区别。这些房子是一体的。也许除了他以外，读者村的居民对彼此之间的关联一无所知。

达西先生不知道，卡尔的其他顾客也不知道。在艾菲家——她应门了，脸庞恢复如初，只是眼神低迷，仿佛阴云密布；在长袜子夫人家——"在时髦的炉火上"；在浮士德博士家——他挂上了夏夏的小狗日历，但还是嫌弃狗与狼的渊源；在赫拉克勒斯家——他在餐桌旁向卡尔解释字母 ABCD，兴致勃勃得就像人类刚刚发现它们一样；在阿玛丽莉丝修女那儿——她说连环杀手题材是她的最爱，尤其当他们是天主教徒，并根据《圣经》进行谋杀时。在朗读者家也是一样，他感谢卡尔用缝纫线装订的《寂静的探戈》。朗读者的老板非常激动，甚至邀请他在下周六去家里作客，再朗读一次引人入胜的第一章（其中的舞蹈场景充满了情欲的张力）。

对他们所有人来说，当书商卡尔·柯霍夫走向他们时，这不过是另一天。

但对卡尔来说，这是他不断闪回过往时光的第一天。

当他回到家时，恐惧感像一只巨手攫住了他的身体，试图榨尽他仅剩的些许幸福感。

第六章 踪迹

这些书是卡尔自己买的。

他没有从配送中得到任何报酬，因为顾客一直是向书店的账户转账的。只有在罗芬贝格会计师事务所的优秀税务顾问们进行年终结算时，一切才会被发觉。

为了买到足够多的书，卡尔卖掉了自己的书。书架上消失的书越来越多，这些和他一起生活了几年或几十年的纸朋友纷纷离开了他的公寓。卡尔不忍心去古书店亲自把它们交给汉斯，于是付钱请实习生利昂代劳，让他在城门口书店打烊后等着自己。卡尔的珍藏换不来多少东西。有时候，一本新书要花费他二十本旧书。而且，他的顾客下单比以前更频繁了。他们试图通过这种方式来缓解他的悲伤。

卡尔只能远远地观望着古斯塔夫的葬礼。送葬的队伍很小，只有三个人陪着这位老书商走完最后一程。等到他们的身影消失，卡尔才走到墓前，给老友留下几册《温内图和老沙特汉》。勇敢的男主人公们会照顾好他的，纸是由碳构成的，他想，我们人类也是如此。书和人源自同样的物质。

他继续向顾客们赠送书籍，他的书架越来越空。达西得到了简·奥斯丁的全部小说。艾菲得到的先是关于妻子离开丈夫的书，然后是关于妻子谋杀丈夫的犯罪小说，投毒似乎是首选手段。当然，卡尔并非意在煽动这种行为，而是想表明，倘若她不离开丈夫，一切可能会怎样收场。

"您不用给我带这些书，我一切都很好。"艾菲说，因为她的丈夫要求她这么说。他发现了这些小说并读了宣传语，然后把它们扔掉了——连同艾菲最喜欢的言情小说。"您之前完全误会了。"她继续说道。

卡尔发现，她身后的走廊上已经没有花了。既没有鲜切花，也没有盆栽。没有任何活物。

艾菲迅速关上了门，因为她一口气撒了太多谎，而它们并没有像书一样被包装得那么细致。

卡尔独自站在紧闭的门前，想念起夏夏的喋喋不休来。它总是让他联想到从一条波光粼粼的小溪上传来的水磨声。朗朗的声音近在耳边，回应着他的心声。

"她在骗人，"夏夏说，"你根本没有误会。"

"我知道，但她不是在骗咱们，而是她自己。"

在接下来的行程里，当他的脚步变得迟缓时，夏夏会催促他，比如："你得走快点，不然书就不新鲜了。"当他们来到皮诺冷饮店附近时，她会严厉地提醒他："今天别吃冰淇淋，你得把钱花在书上。书是可以保存更久的食物。"

卡尔意识到，不能再这样下去了，他需要真正的夏夏。

可他没法给她打电话，也不能上门探望她。她从来没有说过自己的姓氏，也没告诉过他自己住在哪栋房子里。

他决定转天一早去市里各个小学的操场上打探，向与夏夏同龄的孩子们询问她的下落。但凡见过这个深色鬈发小姑娘的人都不会忘记她。

卡尔攀登过珠穆朗玛峰，潜入过马里亚纳海沟，穿越过野性的库尔德斯坦地区，也探索过冰天雪地的南极。他的书慷慨地带他跳出校园，体验天地间的万般神奇。

这些满地疯跑的小人！小时候，卡尔曾在树林里发现一座蚁丘，并在接下来的几周里反复回去观察它。那也是一幅匆忙的场面，却遵循着一种内在的秩序。但在圣利昂哈德学校的操场上，孩子们成功地演示了混沌理论。

教学楼外，卡尔一次又一次地和孩子们撞到一起——更确切地说，是差点被孩子们撞倒。比骚动更糟的是叫嚷声。阅读是一项安静的活动。读到汉尼拔在公元前218年指挥战象部队翻越阿尔卑斯山时，并没有象鸣声震动客厅的窗户。阅至隆美尔的幽灵师装甲车在莫伯日附近突破马奇诺防线时，最响亮的声音依然出自读者本人的呼吸。你只能用眼睛聆听书中的一切。

当卡尔终于走进楼里时，他倚着墙深吸了一口气。他向秘书处打听，但被告知不能提供任何信息。于是他决定问问孩子们。

就在这时，课间休息结束的铃声响了起来。学生们如暴风一般从他身边卷过。其中一个男孩和夏夏年纪相仿，跑得很慢，足以让卡尔和他搭上话。

"你认识一个叫夏夏的孩子吗？"

"哪有人会起这么怪的名字？"

"我以为现在流行这种名字。就像过去的埃德尔特劳德或格特鲁德一样。"

"才不是呢，学校里没人叫这个。我要去上地理课了。"他还得补作业，但觉得没必要向这个怪老头汇报。

卡尔根据夏夏的年龄推断，她要么在上小学四年级①，要么在上中学一年级。以大教堂广场为中心，他在地图上圈出了所有可能的学校，总共七所。圣利昂哈德学校是最好的一所。

卡尔不确定自己的耳朵和神经能否应付得来。

他省去了拜访秘书处的环节，直接在大小课间找操场上的学生搭话。他询问各种年纪的孩子，告诉他们夏夏的名字，并尽可能充分地描述她。

走进第六所学校时，他已经筋疲力尽了。在裴斯泰洛齐综合性学校里，他询问了三名学生。这时，一位身穿户外夹克、拉链拉至下巴的课间管理员拦住了他的去路。

"请问，您是在这里找什么东西或人吗？"

———————————

① 德国小学教育学制一般为四年。

"夏夏，"卡尔回答，"她九岁了，头发是黑……"

"这里没有夏夏，"管理员打断他的话，"请您马上离开学校，不要再和我们的学生说话了，否则我会立即报警。"

"可是……"

"这个夏夏是谁？肯定不是您的孙女，不然您肯定知道她在哪里上学。"

"她是……"卡尔顿住了。

管理员紧紧抓住他的胳膊。"您是糊涂了吗？要我替您打电话叫人吗？"

"好的……不是，"卡尔的回答显得他更加糊涂，"我还是回去吧。"

"请吧。"管理员拍了拍他的背。卡尔不禁想到了一个轻拍着牲畜侧腹的剥皮工。

遍寻七所学校而不得，卡尔决定去顾客家里寻找夏夏。他再也无法忍受没有她的陪伴了，所以他想象出了一个她，让她和自己一起去。她穿着光洁如新的黄色冬季夹克，小背包也满满当当。她依然蹦来蹦去，仿佛地面是橡胶做的一样。卡尔让她一直和自己说话，而且并非只在心里回应她。

他先来到达西先生家，因为他们的配送总是从这里开始。

"我很喜欢达西，更喜欢他的花园。"夏夏解释道。

"既然如此，在他给咱们展示他的花钟时，你为啥什么也没说呢？"

"你真笨，"她轻声说，"当时我太激动啦，因为我要送给他一本书。我想，我可能在他的花园里，在那张好看的椅子上。"

在长袜子夫人家，夏夏说："我肯定在这儿！"

"在一个老师的家里？"

"她已经不在学校了。只有学校里的老师才是烦人的，因为他们总是对小孩指手画脚。"

"听起来很糟。"

"没错。只不过你忘啦，长袜子夫人现在人很好，像头不再喷火的龙一样。我可能在跟着她学习呢。"

"不害怕被烧焦了？"

"就是这么回事！"

当他们来到赫拉克勒斯家时，夏夏毫不迟疑地说："这是个大力士，还总拿喝的招待人，待在这个小伙子家里不也挺好吗？"

"你什么时候开始不说'家伙'而说'小伙子'了?"(卡尔偶尔会自言自语,但他总有法子快速回到故事中去)

"家伙,小伙子,不都一样?我开始用你那些老掉牙的话,是为了让你理解我的意思。"

"谢谢。你真贴心。"

夏夏也出现在了浮士德博士家,因为她很想再看看小狗日历,特别是九月份的腊肠犬。她还去了朗读者家,让他读读她正在学的课文。当他们走进阿玛丽莉丝修女家时,夏夏很确定自己就在修道院的围墙后,因为她一直想成为一名修女——卡尔觉得这不大对劲,但也不至于荒谬。

卡尔问了每一个人:"您见过夏夏吗?她在您家里吗?"

但是,没有人见过她,她没来拜访过任何人。

大家都很担心她。

因为卡尔并不是唯一一个把这孩子放在心上的人。

他把艾菲家留在了最后。或许是夏夏想要这么做,他说不清。他觉得自己正在接近一本书的终章,担心故事能否自圆其说。

"我为啥要待在艾菲家？"夏夏问，"她这么难过，而且我很怕她的丈夫。"

"你很勇敢，而且你有一颗善良的心。你想帮助她。"

"你也有一颗善良的心，你怎么不帮她呢？"

"因为我很害怕，"卡尔把帽檐推得高高的，"这就是我几十年来重复过着同一天的生活的原因，只有一些零七八碎的出入。胆小的人就是这样生活的。"

"我可不是零七八碎！"

"你当然不是，"卡尔说，"现在按铃吧。"

她用小指头点点他的胸口。"你自己不敢按吗？"

"快按吧。"

过了一会儿，艾菲才出现在门口（这次她没有站在门后，而是从地下室出来）。她看起来不太好，黑眼圈很重，皮肤发红。

"柯霍夫先生？发生什么事了？您从不在这个时候来。"

"您见过夏夏吗？"

"她失踪了吗？"

"是的，呃，我找不到……"细思艾菲的问题让卡尔心头一紧。难道夏夏不只是被他弄丢了，而是人间蒸发了？她消失了吗？她出什么事了？"您是不是在报纸上看到什么了？还是从广播里听到什么了？"

艾菲摇摇头。"她不在家吗？"

恐惧感像个沉重的皮球一样在卡尔的腹中弹了起来。"她总是在大教堂广场找我。"

"她会没事的。也许她参加了班级旅行呢。"

"那她肯定会告诉我的。夏夏不是一个随便爽约的姑娘。她很值得信任！"

艾菲轻轻地抚摸着卡尔的手。"柯霍夫先生，我很愿意帮您，和您一起找她，但我的手……"她没有继续说下去，"我很抱歉。"她不再多言，关上了门。

再也没有人说一句话，因为夏夏从这一刻起就沉默了。

这天傍晚，卡尔一本书也没有送。

对卡尔而言，一日奔波而无所收获是不足为虑的。虽然失去了生命中的一粒石子，但他早就垒好了一整面墙。他睡得很晚，早上也没有听见旧闹钟丁零作响。醒来时，他被钟面上指针的位置吓了一跳，连忙穿好衣服，没吃早饭也没刮胡子，直奔七所学校中的最后一所。夏夏肯定在这里。昨天的校园之行给卡尔制造了很大的压力，所以他试图通过关注课桌上或学生包里的书来平复心情，但冷冰冰的课本也没法保持镇定。

当卡尔·奥尔夫学校第一次课间休息的铃声响起时，孩子们拥向了操场。卡尔站在大门边，反复叫着夏夏的名字。每每看见一件黄色外套，他都会微微一愣，然后高喊起来。但凡一个头顶深色鬈发的人影闪过，他都会引颈张望。

直到只有三三两两的孩子走出来时，卡尔才开始询问其中的几个。他没有察觉到自己听起来有点责怪的口气。"夏夏肯定在这里，告诉我在哪里可以找到她。""夏夏还在楼里吗？她生病了吗？你应该知道的！"

孩子们对夏夏一无所知，但很清楚怎样在卡尔面前拔腿就跑。这一次，一位提着扫帚、似乎练过某种揍人很痛的亚洲武术的宿管把卡尔赶走了。

卡尔走进附近的一家折扣超市。

他在摆着法国扁形瓶的货架前站了一会儿，然后从最下层拿了一瓶纸盒包装的意大利廉价餐酒。他的手指触不到优美的瓶身曲线，只有纸盒的棱角。一回到人行道上，他就撕开盒子，大口喝起了酒。

在回家的路上，他又经过了圣利昂哈德学校的围栏。孩子们的欢声笑语对他而言就像一种嘲弄，所以他移开了视线。在余光中，他看到一抹黄色，但没有定睛看去。

这时，一个孩子大喊："把我的书还给我！"他连忙望过去，仿佛一本遭遇危险的书与他息息相关。

而她就站在那儿。

她没有穿黄色夹克。刚才的声音也不是她发出来的，而是来自她身边一个红发的男孩。他拼命地够着一本被另一个高个子男生举过头顶的课本，每跳一下，书都被举得更高了。

卡尔读懂了夏夏的唇语。她说的是："送书人来了！"

她朝着围栏外的他奔来。"你在找我，是吗？"

卡尔觉得自己开心得就像一瓶刚被打开、嗞嗞冒泡的香槟。他激动得心脏刺痛。"我一直在担心你。现在我总算找到你啦。"

夏夏隔着栅栏拥抱了他。"我很想你，你知道吗？"

"我也想你。"

"但我想你想得更多，直到月亮，然后回来！"

"这句话出自一本书 [①]。"

"是真心话!"她眉开眼笑。

"昨天我在这里找你,但没人认识你。"

"你是不是在找夏夏?"

"当然了。"

她咧嘴笑了。"这儿可没有夏夏。"

"但……"

她指了指自己。"夏洛特。只有和你在一起时我才是夏夏。我一直希望朋友们这么叫我,可她们从来不叫。这个名字是我给自己取的。"这句话真假参半。夏洛特想象的是一个超级女英雄,因为男孩常常在课间吹捧他们的美国队长和钢铁侠。她想象出了一个飞越城市的女人,红色的斗篷随风飘扬,眼中射出黄色的激光束。

那才是夏夏。

她的长相和走廊抽屉柜上黑框相片中的母亲一模一样。夏洛特总是在相片前放上一些雏菊,那是她在放学回家路上的鹅卵石间采的。

---

① 应该是山姆·麦克布雷尼的绘本《猜猜我有多爱你》。

"很高兴认识你，夏洛特，"卡尔边说边鞠了一躬，"很荣幸能叫你夏夏。"

"我也这么觉得。"

卡尔把酒盒扔进了垃圾桶。"你为什么不再来了？"

"没办法。"夏夏说。虽然这个答案是实话，但她漏掉了一个重要的部分。校长迪瑟尔贝克女士在夏夏因为雪茄厂的事旷了两节课后，给她家里打了电话。夏夏向爸爸交代了一切，他禁止她再和卡尔一起送书。哭泣和乞求，画着许多小爱心、写着很多恳求话的信，送的早餐（她用圣诞树形状的模具切的吐司），煮得非常好喝的晚餐速食汤，全都无济于事。

虽然夏夏喜欢说话，仿佛话语是融化在她嘴里的夹心巧克力一样，但她对过去几天傍晚没有现身的原因绝口不提。卡尔本想打破沉默追问下去，她却岔开了话题。

"这是我的朋友朱尔，我永远的……现在的好朋友。她也认识你，还说你的脖子很好笑，就像她爷爷的一样。"

卡尔摸了摸脖子。"我管它叫火鸡脖子。只有很老的人才能长出来。年轻人是没法让它派上用场的。"

"用场？什么用场？"

"只有长出这种脖子，你才能这样。"卡尔像挥舞翅膀一样摇晃起他的双臂，发出咕噜噜的火鸡叫声。找回夏夏的喜悦让他变得醉醺醺的，不亚于喝了一整箱酒。

夏夏大笑起来，随即紧张地环顾四周，看看有没有同班同学注意到刚才的情景。

那个红发男孩指着她，呼哧呼哧地喘着气。

"那就是西蒙，对吗？"卡尔问，"总是推你的那个孩子？"

夏夏迟疑地点点头。"别过去，求求你！"

"当然不会，我会换个法子对付他。"

"用书吗？"夏夏问。

"没错。你知道他的住址吗？我一看见他，就清楚什么书最适合他了。"

"但是别让他难堪，好吗？求求你！"夏夏用手指在他的手背上写下一行地址。铃声响了起来。"不好意思，我得回去上课啦。"

"你还会和我一起送书吗？"

夏夏抿起了嘴巴。"当然了。"

"今天傍晚？"

她缓缓点头，却不再多言。然后，她跑过操场，消失在了教学楼掉漆的红色大门后。

回家路上，卡尔经过一家卖薄纱纸花的小店，不假思索地走了进去。他问店员，有没有长在金银岛上、美国西部或者哈克贝利·费恩生活的密西西比河畔的品种，但她也不知道那些地方有没有玫瑰、郁金香、虞美人、丁香——店里仅有的几种花。卡尔每种都拿了一枝，把不同颜色搭配在一起，因为古斯塔夫的生活就是这般多姿多彩。得知这些花是为墓前悼念而准备的，店员小心翼翼地用纸包起了它们。她摇了摇头，因为很可惜，它们不适合作此用途。在户外，这些花凋零得比真花更快。

"没关系，"卡尔说，"我只为博老友一乐。"古斯塔夫见过许多形状、印着许多字的纸，但肯定没见过花萼形的。

关上身后的墓园栅门时，卡尔看到了站在父亲墓前的萨宾娜·格鲁伯。于是，他向右转身，坐到了一张铸铁长椅上。夏夏在这里向他展示了她的纪念册，关于谁将从哪本书中收获幸福的想法全都被她记在里面。长椅离古斯塔夫的坟墓很近，但中间隔着一道茂密的常绿灌木丛。只有找到一个极佳的视角并预判方位，才能看清另一侧人的一举一动。

萨宾娜·格鲁伯跪在墓前，墓上临时立着一个朴素的木头十字架。

"看，"她说，"整座墓碑会是这个样子，一本打开的书的形状，上面刻着一段叙述你生平的文字，"她紧张地把一缕头发拂到耳后，"我在给你展示这么漂亮的东西，却想象着你为了葬礼的事而责备我，"她把草图揉成一团，塞进了夹克口袋，"可是一开始我真的觉得自己没做错。直到我们几个人站在你的墓前时，我才想念起所有的人来，并感到难过。你总是喜欢被很多人围在身边。我很抱歉，你在听吗？"她薅掉一根破土不久的野草，"有时候，我也受不了自己，而且我肯定不是唯一一个这么想的。我只是想努力把一切都做好，让你以我为荣。可是现在，无论我再怎么尽心竭力，你都不会为我骄傲了。我明明有机会的，你也有，但咱们都没有好好利用，不是吗？我想，我只是极度缺乏你的书商基因。只要我想，我可以废寝忘食地工作，但我永远成不了像你或者你喜欢的卡尔这样的人。在他眼里，我看到自己仍然是个小姑娘。你知道吗？他曾经对我的德语老师提出不满，因为我得了'及格'，但他认为我本该得'优'。我的朋友们无意间听到了，真是尴尬透了。他表现得像我的父亲一样，可你才是。或许，你也不称职。他可能是出于好意，但我从未也绝不会请求他那么做。我不需要他，我自己搞得定。别再苦笑了！你在死后也不能同情一下我、多多理解我吗？你永远都不擅长这些，"她在墓前仰头望着墨蓝色的天空，呼吸粗重，"还记得那次你因为我在你那些书的最后几张空白页上画满了画而发火吗？那些画和书的主题有关。我把君特·格拉斯的《猫与鼠》画得很好，你却气得脸色铁青，就因为我弄脏了你心爱的书。天啊，我还是个小孩子！但我就是比不上你的那些书，"她站了起来，"为什么只有在你死后，我才能把这一切告诉你？"她猛地拉上夹克的拉链，"你知道最可悲的是什么吗？我爱书，真的爱，但它们从没让我像你那样幸福过。在这一点上，我没法原谅你。"她犹豫了一下，摸了摸木头十字架，然后离开了。

卡尔一直等到萨宾娜·格鲁伯离开墓园，才把纸花放在了老友的墓前。古斯塔夫需要时间来消化女儿的话。他一直担心萨宾娜没有能力经营书店，所以对她多加限制，并希望她有朝一日能够理解。现在，古斯塔夫认识到了自己的重大错误，却没有时间改变什么了。父女二人的故事已经没有续集了。

下午，卡尔清空了更多的书架。他很快就要彻底变成孤家寡人了。当初凝视每一本书时，与之心有灵犀的感受是那么强烈，而如今它们都不见了，躺进了棕色的搬家纸箱里。利昂马上来取它们。报酬足以让卡尔再开展一轮派送。

这天傍晚，卡尔准时出现在大教堂广场上，等着夏夏。她有点上气不接下气地赶来，心情倒是很好。她的爸爸去见一位同事了。他事先用土豆泥丸子、豌豆、胡萝卜和大量深色酱汁给女儿做了一顿热乎乎的、味道尚可的晚餐，还给她买了礼物——她遵守了他的禁令，没再跟卡尔见面——一张棋盘，因为他想教她下棋。夏夏一点也不开心，因为她去年就告诉过他，学校里也有这么一个社团，但她觉得很讨厌。

夏夏从背包里掏出给卡尔准备的礼物，希望他能喜欢。"喏，给你的。"她给了他一张卷起来的 A4 纸，上面系着一个红色的蝴蝶结。

"我要现在打开它吗?"

"当然啦!我想看看你有多开心!"

卡尔小心地解开蝴蝶结,打开了纸卷。他还没来得及细看,夏夏就解释起这幅蜡笔画来。

"中间的那条书虫是你,你旁边是狗狗,周围是你所有的朋友。你能认出所有人吗?"

"达西,"卡尔指着一栋豪华别墅前的一条虫子说,"艾菲(捧着花的虫子)、赫拉克勒斯(举着哑铃的虫子)、朗读者(抽着雪茄的虫子)、浮士德博士(大大的眼镜)、阿玛丽莉丝修女(袍子)、长袜子夫人(站在赫拉克勒斯身后手里拿着一根教鞭)。你真可爱。"

"你喜欢吗?"

"我可以抱抱你吗?"

"当然,不用问。我总是想抱就抱。"

拥抱她的感觉真好,虽然卡尔起初不知道该把他的双臂放在哪里,但夏夏知道,她很擅长拥抱。就像跳舞一样,重要的是其中一个人知道怎样跳,这样他就可以引导另一个人。

"你知道吗?"卡尔说,"书虫是一种罕见的动物,大多非常害羞，而且是亟须保护的濒危物种。"

"我来保护你。"

"我能请你帮个忙吗？"

"当然。"

"你能把我最重要的虫友也画进去吗？"

夏夏放下双臂，接过那幅画。"我落下谁了？"

卡尔笑了。"你自己。"

她摆摆手。"我一点也不重要。"

"事实上，你是最重要的。"卡尔说。

"看谁先到达西先生家，"夏夏飞奔出去，但又站住，转身大笑起来，"我开玩笑的，反正你也跑不过我。"

卡尔跑了起来。

当他到达别墅时，他确实落败了，也喘不上气了。夏夏没有给他喘息的时间，就敲响了门钟。

达西先生很快就笑容满面地出现在门口。"凡无从以出色小说为消遣者，无论男女，必皆为不可容忍之蠢材，"当卡尔疑惑地盯着他时，他笑着补充道，"我今天最喜欢的引文。出自《诺桑觉寺》中的蒂尔尼先生之口，"他招手请他们进屋，"我有东西要给你们看，特别是你，夏夏，尤其是你！"他沿着长长的走廊快步来到偌大的客厅，窗前的花园和其间的花钟一览无余。

卡尔和夏夏一眼就发现，达西先生不再是独居者了。他购置了一个墙架，上面摆着简·奥斯丁的小说。现在，范妮·普莱斯、安妮·艾略特、凯瑟琳·莫兰、埃莉诺·达什伍德和玛丽安·达什伍德，当然还有爱玛·伍德豪斯和伊丽莎白·本内特[1]，都整日陪在他身边。虽然他看不见她们，但至少可以读到她们。

但这些小说就像壁炉一样，只有当炉火燃烧时，人们才会注意到周围有多冷。达西先生在别墅的各个房间里待了半辈子，如今才发觉周围的书有多少。有它们作伴，他既高兴又难过。

"您请坐，"他顿了一下，"咳，你们请坐。咱们已经认识很久了，柯霍夫先生，不是吗？虽然我更年轻，但我不希望被任何优越感阻碍幸福。我是从简的笔下学到这一点的。"

他伸出了手。"克里斯蒂安。"

不，送书人温和地想，你是菲茨威廉。"卡尔。"

---

[1]　以上均为简·奥斯丁小说中的角色。

"那么，坐吧，"今天的达西先生兴奋异常，"今晚我产生了一个想法。咱们为什么不组建一个读书圈子呢？你们懂的，就是所有人一起读一本书，然后谈论它。就像远古时代一样，人们围火而坐，互相讲故事。温暖使他们在石器时代聚集到一起，而那些故事促成了他们的开化。你们怎么看？咱们要不要贴一个告示？这里空间足够。夏天，我们可以坐在我的花园里，雨后也可以。"

夏夏为达西先生将她纳入"我们"而感到无比自豪。她觉得自己瞬间长大了十岁。但是，一想到要和别人谈论书，她又感到度日如年，因为她在德语课上已经受够这些了。

卡尔不怎么喜欢人群，他们使他焦躁不安。而且他是送书人，不是读书人。但他究竟还能送几次书呢？此刻，他意识到自己快要走投无路了。没有书，他就不会再来拜访这些人了。因为他是送书人，所以这是他的生活模式。没有书，便不是了。

他忍受不了这些念头，于是起身向外走去。

"抱歉，我们还要继续工作。"他说。

"那您，抱歉，你对我的想法有何见教？"

"您……你尽可以试试。"

"同意，"夏夏强调，"我来告诉附近的人，这样你就不用贴告示啦。"

卡尔快步走到门口。

"请你下次把简未完成的《沃森一家》《苏珊夫人》和《桑迪顿》带给我。我现在对她欲罢不能。"达西先生恨不能立刻把这些遗珠推广到读书圈子里。

"咱们加入吧。"夏夏话音刚落，才发现卡尔已经走远了。她在下一个拐角处才追上他。"你干吗逃走？"

"咱们今天还有很多书要送。"

"你好奇怪，比平时还要怪。"

"走路有好处，"卡尔说，"奇怪的东西会跟不上趟，被双脚甩在后面。"

夏夏笑了起来，但只是为了缓解紧张的气氛。和想哭就哭一样，她也能根据指令笑。但奇怪的是，哭泣时的感觉似乎更好。

卡尔不停地用雨伞的尖头重重敲击铺路石。他无法改变令人沮丧的处境，阻止送书人这一身份行将消失。

当狗狗加入他们时，夏夏兴奋得差点跳起来。她特意给它带了小点心——形状酷似一只小老鼠。宠物店店员说它会让猫着魔。夏夏希望狗狗这次能"破例"当好一只猫。

"咱们今天去浮士德博士家吗？"

"他什么也没订。怎么了？"

"咱们得去，现在就去！"

"但这条路是去……"

"我知道，但咱们去吧。求求求求求你！"

"你又摆出这副让我没法拒绝你任何要求的表情了。"

"嗯，对呀。所以你同意了吗？"

卡尔放弃了反驳。没过多久，他们按下了浮士德博士家的门铃。开门时，这位博学者惊讶地揉了揉眼睛，仿佛面前的两个人会就此消失似的。他揣摩着，自己是不是几周前订购了那部发货时间极长的关于摩西的晦涩难懂的历史学论文？他确定自己没有订，一部满是错误的作品是对他学识的侮辱。

"见到您真是欢喜，"浮士德博士说，他喜欢用老派的口气说话，"什么风把您吹到这儿来了？"

卡尔期待地看着夏夏。

"我们需要您的帮助，"她说，"是关于这只猫的。

它需要找个地方借住一周。"

"为什么?"

好吧,到底是为什么,夏夏自问。她以为浮士德博士会热情地一口答应,然后把狗狗抱在怀里。在她的想象中,他甚至亲了亲狗狗,后者则开心地叫了起来。

"这只猫在被其他的猫追赶和招惹,但它没有犯错。这是霸凌!"她把小点心递给浮士德博士,"给,狗狗特别喜欢这个。"

"狗?"

"猫!明天我把我家的旧猫砂盆给您带来,您先用报纸就行。"反正宠物店的那位女士是这么说的。

"你为什么来找我?我在养宠物方面没有任何经验。"

"您是卡尔的顾客中唯一一个住得离其他猫的领地足够远的。只有在您这儿,它才是安全的。"

"呃。"

有些人可能会被一个"呃"打发掉,但夏夏知道,她成功了。

"先尝试一个晚上?或者两个?"

"好吧。"

"太棒啦！谢谢！如果它发出奇怪的声音，也别太吃惊。它就是这么叫的，"她扯了扯卡尔的袖子，"我们得继续赶路啦。拜拜。"

经她一拽，卡尔差点绊倒。他们又没干坏事，比如撬开一台口香糖自动贩卖机之类的。"你认为这行得通吗？"

夏夏耸耸肩。"也许吧。至少我试着让他更开心了。如果连狗狗都不能让他不再反感狗，那就没谁能做到啦。"

"可它是一只猫啊。"

"对呀。"

他们已经站在了艾菲的家门口。

一阵尖叫声破门而出。

声音大到屋顶的鸽子四散飞起，惊慌失措地逃远了。

卡尔卸下背包，拿出艾菲的书，走向大门。然而，他刚想去按铃，耳边就又传来一声尖叫。他退却了。声音尖厉而高亢，像人在遭受痛苦后发出的，却不能阻挡更深的痛苦。

卡尔低下了头。

"有时候，"他伤心地看着夏夏，"一本书是不够的。不是所有的伤口都能用纸来掩盖。咱们得找一个投币式电话。"

"用不着，"她解锁了自己的手机，然后递给他，"按那个绿色的电话标志。"他没搞定，所以她拨出了电话。

卡尔报了警，说出了紧急情况和地址。经过片刻犹豫和警方的敦促，又说了自己的名字。被告知救援马上就到后，他把手机还给了夏夏。"没有叉簧怎么挂断电话？"

"叉什么？"她挂断了电话。

卡尔环顾四周。可以在哪个隐蔽的地方观察艾菲的家呢？他在一家美甲店前发现了一个刚刚被卸货的大集装箱。为了让视线越过金属箱，夏夏只好踮起脚尖，用双手扒住冰冷的边缘。

十分钟后，一支巡逻队停在了艾菲家门口。夏夏感觉手指冰凉，脚趾则火辣辣的。

两名警察走下车，按下了门铃。窗帘动了动，然后门被打开了。艾菲和她的丈夫站在那里，他把双手放在她的肩上，在靠近脖子的位置轻轻地按着。

"很抱歉打扰您，但我们接到了电话报警，说从您家里听见了尖叫声，"警察盯着艾菲，"一名女性的尖叫声。报警者怀疑您被殴打了。还是说，房子里还有一名女性？"

"这是个误会，"艾菲的丈夫笑着说，"我把电视的声音开得太大了。"

"是这样吗？"警察问艾菲。

"是的。"艾菲笑着说。

"我绝不可能打你的，亲爱的，对吗？告诉警察呀。"

"他绝不会。"艾菲笑着说。

警察恳切地盯着她。"您想单独跟我们谈谈吗？"

"不，她不愿意，我们之间没有秘密。美满的婚姻都是这样的。我们也是一样。"他在她的脸颊上狠狠地亲了一口。

艾菲畏缩了一下，因为他刚刚打的就是这个地方。

"您的脸颊怎么了？"警察问。

"牙疼。"艾菲笑着说。

警察又盯着她的眼睛看了很久。

"我们很感谢你们的到来，"艾菲的丈夫双手抱胸，

"你们追查这通电话是合情合理的，但这是个错误的报警。如果下次再有人因为我把电视的声音开得太大而报警，你们就知道是怎么回事了，也省得白跑一趟啦，"他用手肘推了推艾菲，"是吧，亲爱的?"

"是的，有些女性确实需要你们的帮助。"艾菲笑着说。

"可以了吗?"她的丈夫问，"我们想把电影看完，结尾是最精彩的。当然了，我会把音量调低的。"

卡尔从集装箱后面走了出来。他的身体在抗拒，让他心慌意乱，双腿颤抖。但卡尔的意志比身体更强大。"他们在撒谎! 他打了她。我听见了。根本不是电视声。"

"呵，那个书商，"艾菲的丈夫说，"我就知道。从现在开始，别再找那个疯子订书了，亲爱的。否则我真的会手滑，哈哈。"

艾菲也笑了。痛楚蔓延到她的全身。

警察们盯着卡尔。他们看到的不是一个诚实、认真的男人，而是一个衣衫破旧、眼神里带着些许茫然的老人。

卡尔之所以神色如此，是因为他开始搞不懂这个世

192

界了。

"请您下次别再因为电视的问题给我们打电话了，"一个警察说，"不过当然，我们宁可多出动一次，也不想少出动一次。但只有家庭暴力的受害者肯和我们交谈，我们才能采取进一步行动。"这些话的接受者似乎不是卡尔，而是艾菲，然而，她的丈夫已经把大门紧紧关上了。

他还拉下了面朝街道的百叶窗。

在拜访阿玛丽莉丝修女的路上，夏夏不断提出解救艾菲的各种建议，从破门而入到请私家侦探（或者她的一群愿意接受侦探委托的小姐妹），不一而足。但卡尔一言不发。

当修女看到他垂头丧气、耷拉着肩膀的样子时，她问道，是不是有人欺负他？

卡尔崩溃了。包裹着那些感受的坚硬外壳碎了一地，他提到了艾菲、他对她的担心，还有他的爱莫能助。他滔滔不绝地说着，直到阿玛丽莉丝轻轻地将一只手搭在他的小臂上。

"一切都会好起来的。"

"不，不会的。"

阿玛丽莉丝修女整了整她的袍子。"我去找她。"

"不行，您不能去。否则您就没法再回修道院了。"

"您瞧见有人在监视我吗？别太担心。"

"可是……"

"没有可是。如果我怯懦地躲在墙后，而不是站在需要帮助的人身边，那我还算什么修女？"

"您打算做什么呢？"夏夏问，"警察什么也做不了。"

阿玛丽莉丝修女走向修道院的深处。过了一会儿，她带着一本《圣经》回来了。"上帝的话语是最强大的武器，"她看到了卡尔和夏夏眼中的困惑，"要是不顶用，拿它砸人也是很有威力的。"她冲他们眨眨眼，然后走到街上，关上了身后的门。她轻柔地抚摸着砖墙，像留下心爱的宠物独自看家一样。一声叹息过后，她对卡尔说："带我去吧。"

夏夏跑在两个人前面。"沿着这条路走下去就不远了。"

夏夏很清楚，现在一切都会好起来。阿玛丽莉丝是一位修女，也就是说和圣人差不多，类似圣马丁或圣尼古拉斯那样的超级英雄。她对修女的超能力毫无所知——她当然不能从眼睛里射出激光，也绝对飞不起来——但她肯定是异于常人的。现在，所有凡人都指望不上了，只有一个不平凡的人才能帮助艾菲。

阿玛丽莉丝修女没给自己留下任何喘息的时间。她径直走向夏夏指给她看的房子，敲起门来。她看到了门铃，但觉得果断地大声敲门更加有用。

"谁啊？"一个粗重的男声响起。

"我是玛丽亚·希尔德加德修女。我来自圣阿尔班笃会修道院。"

"修道院已经没了。"

"我还在，所以修道院还在。"

"你就是那个疯疯癫癫的修女，"男声离他们越来越近，"我们是不会捐钱的。"

"我不是来募捐的。"

"我们也不想买任何东西。"

"我也没什么要卖的。"

"我们什么都不需要。您走吧。"

"不，我不走。我的时间充裕得很。您的邻居会看见，一个修女因为被您拒之门外而干站在这里。"

男人发出一声惊呼。"今天所有人都疯了。你来对付她,但要快点。我还没跟你算完账。那个书商的事情没这么简单就翻篇。"

艾菲抚平衣服,让自己显得干净利落,还拂了拂头发和脸。她穿上昂贵的白色高跟便鞋,像准备出席舞会一般。她挂上了每天早上在浴室镜子前练习到脸疼的表情——迷人的笑容。

一切就绪后,她才打开门。

她看到的不是一位修女,而是一个囚居了很久的女人。这个女人曾将自己禁足于自己选择的牢笼里。

而今天,她离开了那里。

她们一见如故。

"跟我来,"阿玛丽莉丝修女伸出手,"趁现在。"

艾菲走向了她,如此干脆!这就是迈出一步的奥妙,真的很容易。如果不去考虑接下来会发生的一切,譬如争吵和受伤,那么离开本身不过是小儿科罢了。干脆一步接一步地走下去,转瞬间,你不仅会走出房子,还会走出一段婚姻。

尽可以走得远一点。

艾菲做到了。

有阿玛丽莉丝修女握着她的手，这变得轻松至极。卡尔和夏夏也紧跟着她们。艾菲一边加快脚步，一边不安地回望。房门依然是紧闭的。当他们终于转过街角时，她深吸了一口气，才发现心跳得飞快。艾菲笑了，这个笑容是发自内心的。她注意到自己在这样笑时所使用的肌肉完全不同于以往。阿玛丽莉丝修女冷静地向她解释道，她们现在要去修道院，那里很安全。她可以在那儿好好休息。

又走过两个拐角之后，修道院出现在了他们的面前。

大门前拉起了红白相间的警示带，立着一个"改造中"的牌子。一名工人正在安装一个新的门锁。

"嗯，装好了，"他朝来人说，又向阿玛丽莉丝修女点头示意，"很抱歉，但这是我的工作。"

"您是怎么知道我不在里面的？"修女平静地问道。

工人指了指被装在对面建筑上的微型摄像机。大主教区付给他可观的报酬，让他在修女离开修道院时立刻出动。他又雇了一个学生在夜间监视她，但后者总是只在第一个小时和最后一个小时观察窗外，其余时间则在睡觉。

"那我的东西怎么办？"阿玛丽莉丝修女问，"我的衣服呢？我的植物怎么办？它们需要浇水，否则会枯死的。"

"您可以找大主教区帮忙。现在我要把新钥匙交给他们。据我所知，他们会尽快开始改建。这里应该会变成私人住宅。我很抱歉，但我也没办法。"

"不不，您可以放我进去。"

他摇摇头。"让您留在里面的风险太大了。我得走了。祝您今天生活……"他把后面的两个字咽了下去。

卡尔、夏夏、艾菲和阿玛丽莉丝修女面面相觑。

"那咱们去酒店吧，"修女果断说道，"修道院不是一座建筑，而是一群人。咱们可以在要搬进的任何一间屋子里建立修道院。"她想保持行进——站在原地的感觉就像被重新打进监狱一样。艾菲也有同感。

"这样甚至可能更好，"阿玛丽莉丝修女说，"我出现后，您的丈夫肯定会怀疑您去了本笃会修道院，却不会想到酒店。幸好我回不去了。"如果时常这么说，她或许就会相信这一点。相信是她反复练习的一项功课。这并非如许多人想象的那般容易，而需要日复一日的努力，因为现实生活往往处在信念的对立面。

阿玛丽莉丝修女和艾菲十指紧扣，边走边摆动着手臂，仿佛一对结伴上学的孩子。艾菲特别喜欢这种放松的状态，它与刚才发生的事情截然不同。

达西先生的别墅出现在他们左侧。在众多窗户间，只有一扇散发着亮光，似乎被其他所有窗户的昏暗包围着。

"等一下，"卡尔说，"也许还有一种办法。"他向夏夏投去询问的目光，她则竖起了大拇指。

离大门只有几步之遥了，卡尔利用这个空当准备了几句话。这些话会让达西先生负起责任来，每一个音节都将引导他下定决心——收留这两位女士。措辞精确得当是很重要的。无论如何，达西还是一个独来独往的人，或许很容易感到不知所措。

当门被打开时，卡尔摘下了他的渔夫帽（因为请求者都是这样做的）。阳光和新鲜的空气让他觉得头皮痒痒的。

"冯·霍恩尼施先生，"他开口道，"请您原谅……"

"这是您的读书圈子，"夏夏打断了他，"从现在起，她们就在您家住下啦，因为她们没有别的地方可去。您的房间足够多，而且，她们两个真的是特别好的人！"

没有片刻迟疑，达西先生热情地敞开了家门。

他们一起在大客厅里坐了很久。达西先生甚至尝试为他的客人们做饭，但即便是荷包蛋配煎土豆也叫他为难。现在他至少了解到，烟雾探测器的功能是正常的。

别墅里有很多客房，两位新客都拿不定主意。最终，她们选择了可以看到花园的两个相邻的房间。阿玛丽莉丝修女说，这座花园很适合种植土豆和萝卜。

卡尔和夏夏在大教堂广场上道别时给了彼此一个长长的拥抱。他们期待着转天再次碰面。

但是第二天傍晚，夏夏并没有来。

卡尔不再担心了。她是个孩子，而孩子生来就不可靠。只能任由他们做自己的事，并心怀理解。尽管如此，她今天没来还是太可惜了，因为他给她的西蒙带了一本书，想和她一起派送它。不过，他们是不会错过这本书的。

他破天荒地没有先去拜访达西先生。而这将成为今天的转折点。走进那条昏暗的小巷时，他可以更快地通过了。卡尔思索着，这几天全然不走寻常路真是太好了。或许生活想告诉他，要将这一点继续保持下去。

以及踏进这条一直让他如此害怕的小巷。

会好的。

卡尔深深吸气。他生活中的一切都会好起来的。

但他还不清楚该怎么做，因为就在今天，他的最后一个书架也被清空了。他的身边已经没有书了。然而，他是怀着轻松的心情将仅剩的几本作品放进送往古书店的搬家纸箱的。一定会找到出路的。艾菲不相信，阿玛丽莉丝修女不信，赫拉克勒斯也不。即使局面看起来毫无希望，也未尝不会出现反转。他珍存着这一份希望。

前路又黑又窄。老人走老路，卡尔不禁笑了。反正路的尽头就是光明。要是有狗狗陪着他就好了，但它可能正在浮士德博士的家里养尊处优呢。让一只可怕的四足动物（尽管后天原因瘸了一条腿）跟自己共居一室，那位博学者肯定始料未及。

在熟识的城市中踏进一条陌生小巷，踩从未踩过的鹅卵石，是种无法言说的体验，就像在老屋中发现密室一样。

卡尔像个游客似的环顾四周。每一座窗台和每一根排水管都令他深深着迷。尽管光线暗淡，一切依然美极了。这条小巷是他今天送给自己的礼物。

脚步声自后方响起。当卡尔转过身时，他看到一个人从阴影中走了出来。

这个男人迅速逼近卡尔。他很高大，肩膀宽厚。

卡尔认出了他——与萨宾娜·格鲁伯在城门口书店里争吵的人，在他被解雇的那天傍晚。

男人就站在他的面前。

他用力推了一下卡尔的肩膀。"你离我女儿远一点，听到没有？"

卡尔迷惑不解。"您说的是谁？艾菲？"

"你别装傻。你明知道我指的是谁。夏洛特是我女儿，她和我一起生活。"他又推了一下，卡尔踉跄着后退了几步。

"她帮助了我。"

"她不应该帮你，她应该待在家里写作业，而不是跟一个你这样的糟老头满城转悠，还去什么烟厂。她还是个孩子！我最后一次警告你，离我女儿远点，明白吗？"这一次，他朝卡尔的胸口狠狠推了一把。

卡尔当然了解暴力。他目睹过开膛手杰克在伦敦东区的血腥行径，曾驾驶贝尔 UH-1 易洛魁人直升机飞过战火连连的湄公河三角洲，在圣盔谷与萨鲁曼的军队交过手，也曾在条顿堡森林战役中与阿米尼乌斯并肩对抗普布利乌斯·昆克提利乌斯·瓦卢斯。他甚至见识过"胖子"原子弹在长崎爆炸，以及三体人如何使用一种无人驾驶的探测器让人类舰队几乎全军覆没。

对卡尔来说，暴力是他读到的东西，而不是他经历过的。他从没学过怎样应对暴力。他对一切事物的回应只有书籍。

"我正好有本小说很适合您，它很精彩。"卡尔卸下背包并迅速解开上面的扣子，把手伸了进去。那本书原本是为西蒙准备的，但他现在打算把它送给夏夏的爸爸。它讲述了一个令人印象深刻的、倔犟的、爱冒险的女孩的故事。她的爸爸读罢就会明白，他有一个多么出色的女儿，她不该被关在公寓里。这本书被恐龙图案的包装纸精心包裹着。

"你干吗去学校打探我女儿？你以为我不知道吗？"又是一推，力道更猛了。他让卡尔差点失去平衡。

卡尔把书塞进了男人的大衣口袋。

"你往我身上放什么了？你往我身上放什么了？你这个混蛋，你别碰我！"

他喘着粗气，通红的眼睛里布满血丝。卡尔感觉自己看到了一滴眼泪，但不理解是因为什么。他不明白，自己面对的是一个绝望的爸爸，深深恐惧着即将失去女儿，抑或早已失去了女儿。他的大吼大叫不仅是冲着卡尔，更是冲着任由事态发展的该死的全世界。他让卡尔想到了席勒笔下的强盗头子卡尔·摩尔，一个变成罪犯并犯下可怕暴行的正派人。

卡尔开始害怕了。

"再让我看到你跟我的女儿在一起，我就宰了你。现在你明白我的意思了吧！"

"可是……"卡尔想告诉他，夏夏做了很多好事。她比书店的整个专业书区域还要聪明，她能画书虫，能为猫咪找到收养人，能在雪茄厂里演戏，还能在偌大的别墅里飞奔，跑得比谁都快。

但卡尔没来得及将这些话说出口。

夏夏的爸爸抡起双臂，使足力气推向卡尔的胸口。

这次撞击是空前的，它扭转了世界，夕阳不再斜挂在天边，大地不再延伸于脚下。他感觉鹅卵石像铁球一样砸向后背，最后一块砸中了他的后脑勺。巷子里那点微弱的光线也消失了。

第七章　行至夜尽

在派送的路上，尤其是夏天，当鹅卵石被热浪烤得闪闪发光、连呼吸都让人叫渴时，卡尔就会把小石子含在嘴里。它们必须是圆形的，这样才讨舌头的喜欢；而且要足够大，以免被不慎吞进肚里。它们也特别适合拿来打水漂，能在湖面上跳个七八下。卡尔在满是砾石的门前庭院里搜寻它们，然后用市里唯一的一座饮水泉仔细冲洗。每一次，他都惊叹于味道的差异。它们固然只是石头，但就连矿泉水的口感也未必始终如一。

此刻，卡尔嘴里的石头是苦涩的，他的上颚也完全麻木了。他用舌头移动它，但它突然滑走了，消失了。他把它咽下去了吗？是因为被绊倒了吗？

但他根本没在走路，不是吗？

怎么有辆在"哔哔"倒车的卡车？他要不要让路？

卡尔睁开了双眼。房间的两面墙被漆成了淡黄色，其他部分是白色的。所有东西看起来都很耐清洗。在他旁边，一台仪器正有规律地、令人安心地哔哔响着。房间里的另一张床是空的，上面铺着保鲜膜，像盖在聚会提供的小面包上面的那种。但这里的一切都和聚会毫不相干。

试图支撑着坐起来时，卡尔才发现自己的右臂和左腿被打上了石膏。他的脑袋嗡嗡作响，似乎疲于理解当下的处境。

一扇门似乎通向走廊，另一扇似乎通向浴室。角落里挂着一台关闭的电视机。卡尔打量了一下四周，然后摸到床边的带轮抽屉柜，设法拉开抽屉，在里面发现了电视机遥控器和一本路德版《圣经》。

之前，他试图送给某个人一本书……

记忆回来了。夏夏的爸爸肯定很快就会现身道歉。夏夏会给他带一本书来，但愿不是路德翻译的。

走廊侧门被打开，一位穿着绿色制服的护士走了进来。看到卡尔睁开了眼睛，她笑了。

"真好，您醒了，柯霍夫先生。我是护士塔娅。"

"您怎么知道我的名字？"

"在您的身份证上，也就是您的钱包里，"她指指挂在衣架上的橄榄绿色夹克，"而且，我是在书店里认识您的。是您把《哈利·波特》介绍给我的。"对《哈利·波特》的热爱让她遇到了她的第一个男朋友，两个人聊得火热。可惜的是，这个男朋友是个白痴。但哈利·波特一直陪伴着她，直到今天。

"发生什么了？"卡尔问。

"您不幸摔倒了，胳膊轻微骨折，而且很遗憾，您的腿部有一处开放性骨折。脑震荡又让您昏迷了几个小时。您别自责，人在这个年纪就是容易跌倒。"

"但我不是……"卡尔刚开口就说不下去了。如果他道出实情，夏夏的爸爸就会被追究责任，可能还会因此而丢掉工作。

"我是怎么到这儿来的？"

"说来奇怪，"护士粲然一笑，"我不是指救护车把您送过来，而是您被发现的原因。"

"怪在哪里？什么原因？"

"抬一下头，"她拍了拍他的枕头，让它变得蓬松一点，"威廉·退尔巷的一位居民听见一条狗在狂吠，就走出去看看发生了什么。您躺在那儿，但旁边并没有狗。"

"那是一只猫。"卡尔说。他的眼泪差点掉下来。可一旦开始哭泣，似乎就再也戒绝不了了。

"您是怎么知道的？"

"我想到了一个好朋友，"他应道，"不是只因为我的食物而喜欢我的朋友。"

护士摇摇头，把这个答案归结于卡尔的脑震荡。

他透过窗户向狗狗致以无声的问候。它神奇的精神分裂症救了他的命。

然后，他的眼皮一沉，重新遮住了他的眼睛。

当卡尔再次醒来时，一切依然如旧，但傍晚已经变成了白昼。他感觉自己的双腿正期待着被移动。它们不是疾冲出栏的赛马，却也想进入自己的跑道，因为这是多年以来的习惯。他寻找起他那双破旧的鞋子来。它们很神奇，能让他感觉到路面上的每一处凹凸不平。由此，即便闭上眼睛，他也清楚自己置身于城中何处。

它们就在房间另一头的角落里，外面套着塑料袋。

只需要一些帮助，他就能穿上鞋。只要把它们穿到脚上，一切就会就绪。

卡尔在脑海中预演了一遍派送过程。所有人都问他去了哪里。他回答说，一切还好，只是经历了一个小小的意外。

门又被打开了。他吓了一跳。这次是另一位同样一袭绿衣的护士。

"您好，柯霍夫先生。我是护士拉文娜。"

他支撑着坐起来。"要是您能顺手帮我穿一下鞋，就能摆脱我了。"

她大笑道："塔娅说过，您很风趣。但我们必须让您再在这里待上一阵子。"

卡尔试图把绑着石膏的腿晃到床外。一阵触电般的疼痛袭来，他发出一声呻吟。

"别动，只管好好休息就能康复了。把头抬高。"她把枕头立了起来。

"那您得通知书店发生了什么事。这样他们就可以向找我的人告知我的下落了。"

"塔娅昨天就这么做了。她说您躺在这里，一切还好。这样他们就不会担心啦。"

他的顾客们肯定已经去书店找他了，而且很快就会来看他。

"您这里有书吗？随便什么书，"当护士指着抽屉想说点什么时，卡尔抢在她前面问道，"但愿不会太重，因为我只能用左手拿着它。"

"可惜没有，我们这里也没有病房图书馆。如果您愿意，我可以在小卖部给您买一份报纸。"

"有史蒂文森的《金银岛》吗？或者卡尔·迈？"合古斯塔夫的意，就合他的意。

"我想只有《约翰·辛克莱》①，我们主任总买这个。还有一些给孩子看的《唐老鸭口袋书》。"

"我要了。"卡尔说。他随即意识到，自己已经没有钱了。

"不，还是算了。"

夏夏很快就来。她会给他一本书，或者一本小狗日历。如果她再给他带一幅书虫画来，他一定让人把它挂在房间里。

但夏夏没有来，其他人也没有。

当天没有，接下来的几天里也没有。只有护士、护工和医生。这里就像一座剧院，同一个角色由不同的演员反复扮演。演出总是在同一时间开始，只是台词略有

_____

① 侦探题材的德国系列廉价小说。

变化。他们帮他吃饭、换衣服、洗漱和排泄，动作麻利老练，时而有些粗暴。

他们不是来看他的，而是来工作的。

没有人想来看他。

卡尔偶尔会在傍晚时分听见城中的犬吠声。他告诉自己，这是狗狗，它很想他。

难道没人好奇他为什么不再上门了吗？这些年来，他见他们的频率比见其他任何人都高。对他们而言，他竟是可有可无的吗？

直到他出院的那天，也没有人来探望过他。

卡尔希望他们聚集在医院的门口等着他，尽管他知道这不可能。他用夏夏用过的彩笔勾勒着想象。他描绘了每一处细节，让所有人露出喜悦的笑容。

当他独自拄着拐杖站在医院门口时，他什么也认不出来了。这里不属于他的世界。

他没钱打车，又自尊心太强，不愿回医院求助。他向一位路人打听了去往大教堂的路线，然后就出发了。

他拄着拐杖走了三四公里，休息了很多次，腋窝疼痛，摔倒三次，还添了几处擦伤。

关上身后阁楼公寓的大门后，他直接倒在地上睡着了。

晾衣绳像登山者的安全绳一样顺墙延伸，卡尔在书架和衣柜之间拉紧它们，把两端分别牢牢地系在窗户把手和暖气片上。

他转向他的书架，不忍看着它荡然一空。他用毡头笔在内壁画起了书脊。他对爱书们的位置记忆犹新。如果忘记了哪本，他就写上一本早前读过的名著的名字。他的卧室里出现了萨德侯爵和贾科莫·卡萨诺瓦的作品，而这只是为了让情色语言艺术家们直面他孤衾独枕的凄凉现实。

所有这些杰作的名字反而让他愈发惦念起那些失散的珍宝。没有它们，整个房间的声学效果都不对劲了。回声沉闷得像从墓室中传出来的一样。

卡尔不再高声说话了。

他再也没有出过门。储藏室里放着一些施普利瓦尔德酸黄瓜、橘子、低糖梨罐头和用白葡萄酒发酵的清淡酸菜。他饭量不大，没什么胃口，甚至吃得一天比一天少。因为他已经决定早点消失了——总有一天清晨，他的身体会认为不再值得醒来。

卡尔从没惧怕过死亡。他出生和成长在城郊一座为墓园供应三色堇的村庄里。自儿时起，他就与死亡形影不离，尽管它开出的花朵是那样绚丽缤纷。

第三天，卡尔拉下了所有的百叶窗，因为他再也无法忍受这座城市的景象了。它们曾经属于他，现在却陌生而危险。他漫步数十年的城市——这里的鹅卵石磨平了他的鞋底，这里的人对他很好——已经不复存在了。

取而代之的是，这里的人把他推倒在地，忘在脑后。

卡尔会庆幸于头、手臂和腿部的疼痛偶尔爆发，因为这是唯一让他从悲伤中分心的事情。

很快，他不再数日子了，而是把腰带越扎越紧，最后不得不拿开罐器戳出新的小洞来。他分不清白天和夜晚，几乎整日躺在床上盯着天花板，在昏睡和沉思间徘徊。

他想，一个送书人既没有书，也不送书，就什么都不是了，也别再指望被人挂念，因为他已经不存在了。

他一直梦想着在阅读时死去。手中的书是如此引人入胜，以至于读者根本察觉不到从生到死的转变。

那本过时的电话簿是他唯一没能变现的书。

他并没有读进去，但让指尖在纸上滑动，静静地翻页，已是一种安慰。

在威廉·退尔巷中与卡尔对峙后，夏夏的爸爸在窗边将女儿的所有书扔到了居民楼内院的水泥地上。夏夏尖叫着抱住他的腿，阻止他走动，但书还是一本接一本地飞了出去。它们在风中像白鸽一样展翅，随即重重地降落。它们像残骸一样躺在地上，其中一些的羽毛散落得很远很远。

夏夏眼前的世界一片模糊。她哭得很凶，在爸爸大吼大叫着离开房间时也没有停下来。

直到他看起了电视新闻。

夏夏偷偷溜出公寓，摸下楼梯，在院子里拾起她的宝贝们，并理了一遍书页。然后她回到自己的房间，把它们藏在床下的盒子里，又拿毛绒动物挡在盒子前，将书保护了起来。

从这天起，她就被禁足了。每天傍晚，她都会打开窗户朝大教堂广场张望，至少向送书人挥挥手。但卡尔再也没有出现过。

这可不符合他的作风。

她做了一个醒来后想要努力忘记的怪梦，因为这个梦让她非常担心卡尔。

于是她给书店打了电话。但他们只是告诉她，卡尔不再为书店工作了，店里还有很多事情要忙，不行，他们不能把他的住址给她，书店又不是咨询处。夏夏能听出萨宾娜·格鲁伯有多恼火，因为询问卡尔下落的人实在太多了，而且似乎越来越多，甚至包括那些从未买过书的人——对他们来说，那个戴着软帽、穿着绿衣服、每晚七点开始巡游的男人就像大教堂一样，是这座城市的一部分。

夏夏决定找到卡尔。为此，她研读了相关的专业文献——她的侦探小说。她很快就发现，三问号侦探[1] 和五个伙伴[2] 的见解完全一致：溜进发生怪事的地方是必要的。她从书中了解到，后门无人值守是一种常态。有时候，员工会避开老板的视线，躲在那里抽烟。

夏夏把她的侦探证、带有秘密隔层的侦探手表、潜望镜、可以快速自动"射击"的侦探手枪和隐形墨水笔

---

[1]　阿尔弗莱德·希区柯克同名系列小说的主角团。

[2]　伊妮德·布莱顿同名系列小说的主角团。

装进了她的书包里。这些装备终于派上用场了。

第二天放学后，她跑向了城门口书店。很可惜，那里没有后门，也没有借机躲起来抽烟、可以贿赂或用侦探手枪威胁的员工。夏夏没法重金贿赂别人，但买一个皮诺冷饮店的大份企鹅冰淇淋还是不成问题的。这可不差。

她不得不从正门溜了进去。

夏夏把挂着假飞行员眼镜的帽子拉到额头下，把黄色冬季夹克的领子往上翻，以免被认出来。她走到书店最偏僻的一个角落里，从架子上抽出一本书当作幌子。

她还没来得及翻开书，一个人就站到了她的身边。

"你在这儿干吗？这些书不是给小孩子看的。"利昂笑道。

"啊呀！"夏夏把《激情尽褪》丢在书堆上，本能地在冬季夹克上抹了抹手，又后退了几步。电视上的接吻已经够让人尴尬的了。

"你在找什么东西吗？"这是利昂该提的问题。但他并不知道特定的东西位于何处，只知道大致的方位。

"你认识卡尔吗？送书人。"

"他不在这里工作了。老板把他开除啦。"

"什么？为什么？"

"有个家伙过来投诉，嗓门很大，说卡尔带着他的女儿送书，没有征得他的同意，他作为爸爸，如何如何。卡尔完全没问题的，我想象不出有谁能比他更好地照顾小孩。"

小孩？才不是呢。你什么都不懂。夏夏腹诽道。

"我得把卡尔落在街上的东西带给他，是一把钥匙。但我不知道去哪里找他。"

"我可以把地址给你，它还在办公室的墙上呢。跟我来。"

利昂把她领进了宽敞的、没有窗户的后屋。墙上的一张便笺纸上写着所有员工的姓名、住址和电话号码。夏夏用毡头笔在手背上工工整整地记下了卡尔的联系方式。第一项侦探任务圆满成功。

突然，萨宾娜·格鲁伯出现在两人身后，面带着笑意。

"利昂，你跟这个姑娘在这里做什么？她当你的女朋友还是太年轻了，不是吗？"

"我九岁了，"夏夏愤愤不平地反驳道，"其实是十岁。而且女孩比男孩早熟两年，有些甚至三年。"她加重语气，强调自己属于后者。

利昂不想在实习结束后失去这份由莫妮卡·格鲁伯好心提供给他的临时工作，所以他小声回答："我们是在学校认识的。她碰巧路过。"

"可你们跑到后面来做什么？这个房间不对顾客开放，你知道的。发现屋里乱糟糟的，人们该怎么看咱们。"

"她想在这里实习，"利昂解释说，"所以我带着她到处转转，看见什么就介绍什么。她没觉得这里这么乱有多糟。"

"完全不觉得。我的房间比这儿乱多啦。呃，只是偶尔。很少，但确实有过……"

"这样的准实习生可没法叫我放心。你们俩都出去吧，"她转向夏夏，"你还太小，不能实习。你喜欢看书吗？"

"不。"夏夏挑衅道。她不想和这个女人谈论阅读和书籍——这种话题只能跟喜欢的人聊，况且这个女人解雇了卡尔。

"那很遗憾，我们这里不需要你，"她愣了一下，"你的手上写着什么？是柯霍夫吗？给我看看。"

见鬼！她怎么不用隐形墨水笔呢？原因是墨水只有遇热才会显现，而夏夏怕烫。

萨宾娜·格鲁伯试图抓住夏夏的手腕，但她撒腿就跑。她擅长跳房子和围着卡尔走来走去，在书店的桌子和展台间玩跑酷纯属小儿科。

萨宾娜·格鲁伯做不到。

夏夏逃走后马不停蹄地直奔卡尔的住址。她一遍遍地环顾四周，并没有人跟着她。尽管如此，她也没在卡尔所在的多户住宅外浪费时间，而是立即按下了门铃——那应该是他的，旁边的名字是 E.T.A. 柯霍夫，没有其他人姓柯霍夫，所以必定是他。对讲机里没有声音，门上的蜂鸣器也没有动静。夏夏快速把所有的门铃都按了一遍，当有人在扬声器里询问来者何人时，她就说："邮递员。"她是在自家楼下学到这招的。

一个蜂鸣器响了，她推开门，跑上楼梯，通过查看每一户门前的名牌来寻找卡尔的公寓。当她找到卡尔的名字时，她连续按了三下门铃。

但是卡尔没有开门。

他不想接收任何信件，寄上门的只有缴费催促信和烦人的广告册。

当夏夏敲门时，他正把自己关进了浴室，把收音机的音量调到很大。这就是他没有听到她喊他名字的原因，在她放声大哭时依然没有。

回到家里，夏夏看到了爸爸挂在衣架上的夹克。这个时候他不该在家的。

客厅里传出了电视的声音。"爸爸？"

夏夏希望没人应答。她屏住呼吸，以免漏听到什么，并在心里默数着：一二三四五……上山打老虎……老虎不在家……摔个大马趴。还是没人应答，爸爸可能确实不在家。

"嗨，小家伙，你过来一下。"

夏夏气冲冲地跺了跺脚，然后紧张地走进客厅。

她所有的书都被放在桌子上。她爸爸在床下找到了它们。毛绒动物们的防线崩溃了。

"坐下吧，夏洛特。咱们需要谈谈。"

"我什么都没干。我必须把书收起来，不然邻居会抱怨的，尤其是三楼的卡钦斯基夫人。而且我并没跟着送书人送书，我发誓。"

"请你坐下。"

"哎呀，真的，"夏夏懊恼地往沙发里一坐，防御性地把双膝屈到胸前，"先说惩罚吧。"

爸爸皱了皱眉。"惩罚？我还没考虑过，但应该有的。"

"那你现在就考虑吧。我想马上知道，不然等起来很烦。"

"我有时会这么做吗？"他的口气不像往常那般严厉，"让你等着挨罚？"

"我不知道。好吧，有时会。你是成年人，你们就是这样。现在说说怎么罚我吧。"

他把书整齐地堆成一摞。"我不知道这算不算是一种惩罚。"

"怎么会不知道？我总是马上就知道，因为惩罚是最无聊的。"

爸爸把那摞书推向她。开口之前，他久久地注视着她。"惩罚是，我得让你做自己，不受束缚，自由自在。"

夏夏坐直身子，歪起了脑袋。她的爸爸在说什么？"爸爸，这是什么意思？"

"而且我得花更多时间和你在一起，因为我不像那个老书商那样了解你，"他坐到她的身边，"你知道的，我把他……"他深吸了一口气，"我对他发火，对你发火，实际上都是冲着我自己。现在你还没法理解，等你长大了，我会向你解释的。"夏夏当然理解，但有些东西大人们就是以为她不懂，她已经习惯了。"我去找他，你的卡尔，和他理论——指责他，嗓门很大，"他低下头，"其实，我吼了他，还使劲推了他，害他被绊倒，摔了一跤……"

夏夏从沙发上站起来。"你扶起他来没有？"

"没有，我没有……管他。"

"你太卑鄙了！你是一个卑鄙小人！我不想要你这样的爸爸了！"她冲进自己的房间，锁上了门。

爸爸没有强迫夏夏开门。他坐在门前的地板上。他甚至觉得这样更好，因为这样就不必直面她轻蔑的神情。女儿是他的唯一和一切，他每天都觉得自己不够聪明，对她不够好，不够关怀，不够周到。最强烈的感受是，他没有花足够的时间和她待在一起，就算有时间相处，也没有使一分一秒变得更有意义。他感觉她在日渐远去，身影越来越小，细节难以辨认。也许这很正常，但他想再一次感受她的心跳，了解她的喜悦忧愁。

"你常常说，我应该读书，这是件很棒的事。但我晚上总是觉得很累，而看一本书要花很多时间，所以我连开头都没有读过。但是你的卡尔塞给我一本书，他说它很精彩，而且很适合我。它被包在……儿童折纸里，上面有恐龙和会飞的蜥蜴。里面的书怎么会适合我呢？我当时没有扔掉它的原因只在于我想快点离开——不想被别人以为是我推倒了他。"

"就是你推的。"夏夏在房间里大吼。

"是的，没错，但我不想让别人知道。回到家后，我立刻拆开了包装，把书放进抽屉，只是为了让它消失，这样我就不用再看到它了。"

"你为什么不读？卡尔知道哪些书有用。"

"那是一本童书。我小时候就不读这种东西，"他把一只手贴在门上，"但是后来，我看到你在收拾被我扔到窗外的书。我完全有理由那么做——别误会我的意思，毕竟你骗了我，而且是好几周。你可不是在写作业，而是和那个书商出去了，在我严厉禁止后还是去了。算了，现在这些都不是重点。我看到了那些书对你来说有多重要。我觉得很难受，因为我不该把它们扔出去。"

"你确实应该难受。"

爸爸只好笑笑。"为了跟你和好，在某种程度上，也是为了向你道歉，我读了你的卡尔送的书。一开始我只看了几页，等到你刷完牙，进了被窝，我也累得不行了。但我终于还是读进去了。这本书叫《绿林女儿》，和你有点关系，但也和一个愚蠢的爸爸有关，我可不像他。"

"也许吧。"

夏夏的爸爸明白，这本书讲述的是一个坚持自我的女孩的故事。不过，夏夏也很爱她的爸爸——那个绿林首领。当然，这也是一本关于男孩毕尔克爱上女孩罗妮娅的书。西蒙会明白的。他才不会在意罗妮娅的爸爸马蒂斯呢。

"你可以回到送书人身边，"夏夏的爸爸说，"但条件是咱们也要一起做些事情，只要是你喜欢的都可以。除了阅读以外，我不想让它占据你生活的全部。你觉得怎么样？"

夏夏什么也没说。现在要不要告诉他今天自己去了哪里？反正门是锁着的，他进不来。当然，她也可以趁机多讨一些零花钱。

但卡尔更重要，重要得多。

"你把你做的坏事告诉我了，我也很大度，对吧？很善解人意，不记仇。"

"你说这些干吗？"

"我说得对不对？"

"对，确实，但是……"

"好了，记住你的话，"夏夏在房间里站起来，踮着脚尖，"我已经好几天没在大教堂广场上见到卡尔了。昨天晚上，我做了一个很奇怪的梦——不是有趣的，而是怪异的那种。我很担心。我梦见卡尔在读书，但他看过的字都消失了，书页变得一片空白。他不想读这本怪书，因为里面所有的字都会永远消失。可是有人在逼他读，我记不清是谁了，昨天我还记得的。不管怎么样，这些字一旦消失，他也会消失的，因为这本书是关于他的。我必须找到他。"

"这就是你今天放学后这么晚到家的原因吗？"

"卡尔不在书店里上班了，这是你的错。你去了那里以后，老板就把他开除了。"

一阵长时间的沉默。"我真的……很抱歉。"那正是他当时的目的。有时候，成真的愿望是一种报应。

"你必须弥补过错！一定要！"

"如果我向店主解释清楚，你认为她会重新雇用卡尔吗？"

"我只担心卡尔。我在书店里搞到了他的地址，可是他没有开门。"

"也许他不在家里？去买东西了之类的。"

"我不这么觉得，"她摇摇头，"我感觉那里有点不对劲，爸爸，我非常非常担心。你会帮我吗？"

"有一个条件。"

"是什么？"

"你得离开你的房间。咱们现在就出发！"

咚咚的敲门声穿透浴室的墙壁，传进了卡尔的耳朵里。他的邻居们也全听见了，纷纷从公寓里探出头来，就像弹出挂钟的布谷鸟一样。他们放声抱怨着，而且越来越刺耳。每一轮咒骂的轰炸都让卡尔的神经衰弱一分。他只想让头脑恢复宁静。最终，他别无选择，只好去开门。

"来了，"卡尔喊道，门外随即停止了敲打，"等一下。"他穿好衣服，理了理头发。虽然来不及刮胡子，但他看上去足够得体。如果是接收缴费催促信，他至少会穿戴整齐，还会摆出一个假笑，和艾菲一样——现在，她再也不需要这么做了。

他用一只手牢牢地抓住晾衣绳，用另一只手打开门。

"你怎么变成这样啦?"夏夏焦急地上前一步，轻轻摸着他的脸颊，"你病了吗?"

看到夏夏的爸爸，卡尔后退了一步。"别管我。"

"你的腿怎么啦? 你的胳膊动不了了吗? 还是只是看起来是这样?"她想摸摸他的胳膊，但他用另一只手护住了它——很明显，他没法完全伸直它了。

"你走吧。我谁都不想见。"

夏夏的爸爸下意识地舔了舔嘴唇。他并不擅长接下来要做的事情。在他被长期灌输的思想中，那是一个弱点。"很……很抱歉，我推了您。我想向您表示最真诚的歉意。都怪我，让您……"

卡尔砰的一声关上了门。

他不存在了。一个不存在的人是无法与他人交谈的。几天来，他一直在等待一个关心卡尔·柯霍夫的人。而今，卡尔·柯霍夫已经不关心任何人了。

这天晚上，夏夏没有睡觉，因为她在筹划一项行动。她把孩子气的侦探装备收了起来——该动真格的了。在卡尔当着他们的面甩上门后，她和爸爸去拜访了卡尔的所有顾客。送书人必须重返街头，要倾全城之力才能实现这一点。

夏夏像写故事一样草拟着计划，一切尽在她的安排之下。她把纪念册的空白页写得满满当当的，画画改改，在有所补充的地方标上星号。这花了她好几个小时。一切都始于：卡尔打开了楼门。

卡尔打开了楼门。对讲机里的声音很奇怪，似乎来者正站在北极的暴风雪中。

夏夏说的是："城门口书店，柯霍夫的书到了。"她把声音压得低低的，还念念有词，夹杂着咳嗽。

来到卡尔的公寓门口时，她的嗓子依然痒痒的。她做好了准备，只要门打开一条缝，她就得窜进去。

夏夏的计划成功了。她开心地大笑起来。卡尔已经很久没有听到笑声了，哪怕是远不及眼下这般悦耳的笑声。

"哈啰，书宅男，"她好奇地打量着房间，"你一本书也没有了，"她跑进隔壁房间，里面除了一张光秃秃的床架，同样空空如也，"它们都去哪儿啦？"

卡尔走到她身边，一手扶着晾衣绳。"它们都去哪儿了？"他指指自己的脑袋和胸口，"这儿，还有这儿。"

"你知道我是什么意思。"

"卖了。我不想多说。"

夏夏看得一清二楚：卡尔脸色憔悴，身形佝偻，睡眼迷瞪。现在的他就像变了个人似的。她想到了达西先生"日晷"上的一种花，在接受光线的照射之前，它的花萼是闭合的、低垂的。

这是她的任务。今天，她要成为他的太阳。

"准备好了吗？"她问。

"准备什么？"卡尔反问。

"当然是你的工作。"

"唉，夏夏，我不再为书店工作了，这段生涯已经结束了。你就别给自己找麻烦了。"

"不麻烦的。现在下楼吧。你可以倚着我，上周我又长高啦。"

"没有意义。让我一个人待着吧。"

"我想帮忙，"夏夏说，"就是现在！"她咧嘴笑了。

卡尔凝视着她。"你全都计划好了，是吗？"

"你别无选择。"

当他们来到楼下时，卡尔不得不在走出大门前歇了歇脚。

"第二部分。"夏夏说。她的声音很轻，没叫卡尔听见。

她的爸爸站在一台助步器旁。他对篮子进行了改装，以便于运书，包括大开本的地图册。他还换上了更大的轮子和弹簧，让它在城市的古老鹅卵石路面上方便推行。

"这个颜色是我挑的，"夏夏解释道，"这样每个人都能看到你啦。"

这是一种荧光黄色，在昏暗的地方格外显眼。

"您试一试，"夏夏的爸爸说，"宽窄高低我都可以给您调整。"

在他捣鼓了几番以后，一切都妥当了。卡尔推着小车向前走了几米。"这东西可能确实挺实用的，但书店已经解雇我了。"

"我们知道，"夏夏说，"你们都跟我走。第三部分。快点！"她迫不及待地推进着计划。

有了送书车，卡尔走得比以前快多了。真好啊！在大教堂广场前，他们拐进了弗劳恩街，在摩西古书店的门口停了下来。浮士德博士正在那里等着他们。

"您好，柯霍夫先生。真是一日不见，如三秋兮。"

"这唱的是哪一出？您能告诉我吗？其他人什么也不肯说。"

浮士德博士看了看夏夏，她对他点点头。"好吧。首先，我的工作并未依您的小同伴所明确设想的那样顺利。尽管我口若悬河，动之以情，格鲁伯女士仍然拒绝重新雇用您。'旧辫子就不该接回去'，她是这么说的。这个'旧辫子'倒是叫我灵光一现。接触您和您的服务之前，我偶尔在摩西古书店买书。但建议，至少是男店主的建议，是空洞无物的。他推荐给我的净是些乏善可陈的作品。换言之，这里亟需您这样的人才。店主会和您叙说详情的。"

古书店的门上没有小铃铛，它本身就在嘎吱作响。

汉斯·韦顿正站在梯子上给一台旧电子管收音机掸灰。书架上还有很多类似的机器。他曾用自己的那台装饰橱窗，引得顾客们以为他有收集癖，纷纷把家里的宝贝送给了他——他没好意思拒绝。

"啊，卡尔，你来了！这个故事真够离奇的，给我讲讲吧，"他爬下来，张开了双臂，"我早就想跟你聊聊天了，但你总是让那个小伙子来送书，我以为你会自己来。你现在才来，这也挺好。教授先生向我说明了情况，还在店里好心地指出了一些存在错误的历史学作品。"

卡尔锁住助步器的手刹。"说实话，汉斯，我不清楚自己该在这里做些什么。"

"工作啊，卡尔，自从我太太去世后，店里就需要一个像你这样的人。你认识那么多书，可以更好地帮助人。我擅长分类整理和除尘，算账也勉强应付得来。但自从玛丽亚去世后，上门的顾客就越来越少了。"

"谢谢你，但这样一来，我就没法去送书了。"

"你可以在傍晚做这件事。"

"谁会订购旧书上门呢？他们得先翻书后买。"

一个喷嚏声响起，达西先生从一条过道中走了出来。"飞行表演，"[①] 他带着歉意说，"我也不知道，这些

---

① 一个冷笑话。

书里的花粉是怎么找到我的鼻子的，但它们好像很善于此道。艾菲给我推荐了一些对策，但还是挡不住它们，"他走向夏夏，她的身边站着浮士德博士和她爸爸，"这位年轻女士想到了一个好主意。在我看来，她有一肚子的好主意。我要资助你，卡尔。"

"资助？资助什么？"卡尔迷茫地望着众人。

是时候了，夏夏想。只有卡尔同意，她的计划才能奏效。一个"好"字，完美收官。

"从现在开始，你要给买不起书的人送书，"她急忙解释道，"他们可以在这里登记，然后达……然后由他来付钱，"她指着克里斯蒂安·冯·霍恩尼施——他还没把自己的本名告诉她，"修女正在撰写有关这次行动的新闻稿。她说她没问题，因为她最近几年经常接触报社。长袜子夫人也答应帮忙检查拼写错误。一切都办妥了。你只要说'好'，就这么简单。"

卡尔觉得自己又老又虚弱。所有人的目光都集中在他身上，期待他为这份新的工作提起精神来。这反倒叫他更胆怯了。"你们花了这么多心思和精力，尤其是你，夏夏。可是……"

"这里放着今天要送的书，"汉斯·韦顿走到一小摞书旁，"这是给我亲爱的忠实顾客们的，我了解他们喜欢读什么，但他们现在拿不出钱来买书。"

"韦顿先生没法出去送书，"夏夏一口咬定，"他没有时间。"她向其他人使了个眼色。在此之前，她给每个人分发了纸条，上面写着用来说服卡尔的绝佳理由。

"而且韦顿先生对这座城市就像对他的书一样欠缺了解。"浮士德博士补充道。

"送书车也不适合他。现在高度已经没法再调整了。"这话出自夏夏的爸爸之口。

浮士德博士又自行破译了一张纸条。"韦顿先生也不喜欢在天黑时游走在城市里。"

"理由已经够多了，"达西先生说，"现在您还是快去送书吧，否则……它们会枯萎的。"他微微一笑。

卡尔望着这些充满期待的面孔。如果生活真的是一场戏剧——就像莎士比亚说过的那样，那么观众可能正在翘盼他的加演节目。

一个体面的老演员是不会加以拒绝的。

卡尔慢慢地适应着助步器，把它推到书堆前，然后接过递来的包装纸、剪刀和胶带，把书包得整整齐齐的。在汉斯·韦顿说明收件人的信息后，卡尔走出了书店。大家都跟着他。一路上，艾菲、赫拉克勒斯、朗读者和长袜子夫人也加入了队伍。

甚至连狗狗也出现了，它围着大家边跑边叫，像条边境牧羊犬一样。它已经发现自己的天职啦。

"这只猫咪在您家里住下了吗？"卡尔问走在他旁边的浮士德博士。

"唉，它从不愿意在我家里待上太多天。但它还是会回来，可能只是为了可口的食物。"

"不是的，"卡尔说，"它在装样子。这事关一只野猫的名誉。否则其他流浪猫会怎么看它？"

再次行走的感觉真好。用脚底感受这座城市，聆听它，细嗅它。卡尔想念肩上随着每一次交付而减轻的负重，但看着放在面前篮子的书也是一种乐趣。他在里面铺了一条毯子来保护书的边角。

他沉默了一阵子，然后朝夏夏弯下腰来。

"你组织得很好。只要和柠檬无关，你就能做得很棒。"

"无聊，"她笑了起来，"你把《绿林女儿》给了我爸爸。真狡猾！"

"好吧，本来是给你的西蒙准备的。"

"什么我的西蒙?"她撇撇嘴,"不过,前天我因为体育课得了'差'而哭鼻子时,他走过来推了我一下,但方式是友好的那种。"

"你瞧。"

"你把这本书送给他吧。你自己去。"

"没问题。我一个人走,你在我旁边走。"

卡尔已经知道了,他不能在明面上反驳这个小姑娘。想得到什么时,小女孩会全力以赴,而他太老了,根本阻止不了她。

"我考虑过你的名字了。"卡尔说。

"谢天谢地。"

"这可不容易。"

"是啊,对我来说也是。我和你一样奇怪,而且我才九岁。我以后一定会比你更奇怪的。"

卡尔本想摸摸她的头,但那样做会让他失去平衡。"一开始,我认为你像《说不完的故事》里的巴斯蒂安·巴尔塔沙·布克斯。"

"但我是个女孩!"夏夏抗议道。

"巴斯蒂安富有想象力,也很有力量,但他并不知道这一点,所以这个名字不适合你。你很清楚自己有多大的本事。"

"很大!"夏夏绷紧了她的小肌肉。

"然后我想到了《绿林女儿》。但罗妮娅是在森林中长大的,而你生活在城市里。你需要企鹅冰淇淋和很多人的陪伴。没有哪本书里有一个像你一样的人物。"

"可是你说你找到了。"

"不,我说的是我考虑过了。"

夏夏踢了一下石头。

"但我也想出了解决办法。"

"你干吗现在才说?"

"我想制造一点紧张的气氛。"

"你这个狡猾的老头子,"她转忧为喜,"你再不说我就要开始哭啦。"

"不要,别再哭了,我告诉你吧。我打算像朗读者一样写一本书,里面会有一个和你一模一样的女孩,我会叫她夏夏。这样一来,书中人物的名字就是你的真名了。"

"这本书是关于我们的吗?"

"每一本好书都是关于真实的人的。"

"我是说,达西先生、艾菲和其他人也会出现在里面吗?"她顿了一下,咬咬上嘴唇,"还有我爸爸,不过是我的好爸爸,不是另一个,因为那个坏的已经不见了。"

卡尔点点头。"我打算把这本书写成一个虚构的而非真实的故事。作为小说里的人物,达西先生、艾菲和其他人多年来在我眼里是什么样子,在书里就是什么样子。即便书被合上了,他们的生活依然在里面继续着。夏夏也是一样。"

"我觉得这很棒。"

"我也觉得,而且我很肯定。"

当他们接近那条昏暗的小巷时,卡尔放慢了脚步。它似乎比以往任何时候都要阴森。突然,他发觉有一只手搭在了他的肩膀上,而且微微颤抖着。他转过身来,想看看这是谁的手。

是夏夏爸爸的。

其他人的手也纷纷搭了上来。

卡尔深吸了一口气。

"从现在起,你们每天傍晚都得陪着我,你们知道的,对吧?"

众人齐声大笑起来,但这是一种饱含期待的喜悦。

夏夏计划的一部分正是：从现在开始，每天傍晚都有一个成年人与卡尔同行，陪伴在他左右。

这些送书人一起穿越暮色，走过黑暗。

因为这些书需要有人为它们指出正确的道路。

致　谢

向所有曾经赠书与我的人表示感谢。书是美妙至极的礼物，因为在收到别人的爱书时，这份爱也会有所转移——一个效果无比神奇的魔术。

我要谢谢凡妮莎，对我来说，她就像生活变出的魔术一样。在我写作时，她始终在我身边支持着我。所有作家的伴侣都清楚我的意思……

我要谢谢我最棒的孩子们，弗雷德里克和夏洛特（有段时间她称自己为夏夏，而且她确实是我的小小女超人）。

感谢哈利、萨莉和尤尔希安，它们在我撰写这部小说的过程中陪伴着我，用愉快的咕噜声鼓励我静心创作——只要我时不时地撸撸它们就好。

感谢我的第一批读者，拉尔夫·克兰普、丹尼斯·韦顿、捷尔德·汉恩和克尔斯汀·沃尔夫，他们为这部小说点燃了最初的火花。一如既往地感谢我的经纪人拉尔斯·舒尔策-科萨克。第一次感谢布鲁斯·科克本，他的原声吉他专辑《无言》和《报晓燃烧》是故事写作过程中的完美背景音乐。还要感谢我的审稿编辑克拉丽莎·捷潘博士、我的策划编辑安德莉亚·穆勒博士、我的出版人费利西塔斯·冯·罗芬贝格，以及皮柏出版社的整个团队。谢谢你们让我的小说得以成型，这是我最大的心愿。